村上春樹におけるメディウム

—21 世紀篇—

監修　森　正人　日本熊本大学名誉教授

編集　小森　陽一　日本東京大学教授

　　　曾　秋桂　台湾淡江大学教授

淡江大學出版中心

監修にあたって

森　正人

　2014 年 6 月 21 日、淡江大學淡水校園の驚聲國際會議
廳を会場に、同大学日本語文学系村上春樹研究室が主催
する第 3 回村上春樹国際学術研討会が開催された。「村
上春樹文学におけるメディウム」を総合テーマに掲げて、
柴田勝二東京外国語大学教授および小森陽一東京大学教
授による基調講演をはじめ、16 本の口頭発表、9 本のポ
スター発表があり、「村上春樹文学におけるメディウム」
と題するパネルディスカッションで締めくくられるとい
う、まことに充実したシンポジウムであった。

　このシンポジウムの成果を当日の参加者の範囲にとど
めず、広く江湖に示し批判を仰ぐために、村上春樹研究
室を発展させて新たに 8 月に発足した「淡江大學村上春
樹研究中心」（日本名　淡江大学村上春樹研究センター）
がこれを引き継いで論文集を公刊することとなった。

　それぞれの発表者は口頭発表の内容にさらに彫琢を加
え、ここに 18 編の論文がそろい、「村上春樹におけるメ
ディウム」と題して編集され、「20 世紀篇」と「21 世
紀篇」とに分けられた。各論文はそれぞれにメディウム
という観点を設定し、村上春樹の作品および創作活動を
読解し、その文学的問題性を剔抉するものから、作品の
表現の構造を解析するもの、日本語教材としての可能性

をさぐるもの、現代日本のジャーナリズムにおける村上春樹現象を調査分析して逆に日本社会を捉え返すものまで、多彩な研究成果を収めることができた。けだし、村上春樹をめぐる問題の広さと深さを示すものであろう。

村上春樹研究はさまざまの研究分野で、種々の観点と方法によって多くの国々で進められている。その成果は膨大で、全体を捕捉することは容易でない。こうした状況に鑑みて、淡江大学が世界に先駆けて村上春樹研究センターを設置したのには大きな意義があると言えよう。このセンターは、すぐれた研究活動を企画運営し、自ら質の高い研究成果を発信するばかりでなく、村上春樹研究の拠点としてさまざまの研究資料が蓄積され、整理され、そして世界の研究者が集い、交流する場となるにちがいない。

本論文集は、村上春樹研究センターの最初の大きな事業として、「淡江大學　村上春樹研究叢書」の第1冊、第2冊として刊行される。本書が到達しえたところは必ずしも高くはなく、獲得しえたものはささやかであるかも知れないが、本書によって展望しうる課題は大きいと信ずる。それらが世界の研究者、批評家に共有され、村上春樹研究のいっそうの拡大と深化とが図られることを念願する。それと歩調を合わせることによって、第3冊、第4冊と続くべき本叢書の今後の発展と充実もまた期待される。

監修者的話

森　正人

　　淡江大學村上春樹研究室（隸屬於淡江大學日文系）于 2014 年 6 月 21 日（星期六），於淡江大學淡水校園驚聲國際會議廳 3 樓會議廳，順利舉辦完成了「第 3 屆村上春樹國際學術研討會」。該研討會主題設定為「村上春樹文學中的媒介」。邀請到東京大學外國語大學柴田勝二教授以及東京大學小森陽一教授兩位知名教授，針對主題進行精彩的基調講演。會中另有 16 篇的口頭論文的發表、9 篇海報論文的發表，以及 1 場針對主題進行的高峰會議。成果相當豐碩。

　　期盼當天研討會的研究成果能更普及海內外，且能與各國村上春樹研究學者進行切磋琢磨的理念，於是由 2014 年 8 月 1 日甫自村上春樹研究室擴大編組而成的「淡江大學村上春樹研究中心」，繼續銜命編纂成此論文集出刊、問世。

　　此論文集標題為「村上春樹中的媒介」，分為「20 世紀篇」與「21 世紀篇」的姊妹篇出刊。各自收錄了 9 篇論文，共計 18 篇論文。18 篇論文乃是研討會當天的發表者發表的內容，加以斟酌修補完成的論點。各篇論文皆是以「媒介」為觀點，或是針對村上春樹作品以及創作活動進行解讀，針貶其文學的問題性。或是解析村上春樹作品的文章表達結構、或是探索村上春樹作品當作日語教材的可

行性。也有調查分析現代日本傳播媒體中提及的村上春樹現象，進而重新反推日本社會風貌等等。盡收多元化研究村上春樹成果於其中。由此可見；本論文集確實可以稱得上展現村上春樹相關研究課題的寬度與深度的傑作。

環觀世界各國研究村上春樹的現況，於不同的研究領域，盛行著使用各式各樣的觀點與方法研究。其研究成果浩大，一時無確實法掌握全貌。鑒於此況，淡江大學獨具慧眼設置全球獨步的村上春樹研究中心，此舉意義非凡。該研究中心籌備、規劃了許多學術研究活動，不僅向世界展現精益求精的村上春樹研究成果之外，並肩負村上春樹研究之世界據點的重責大任，積極收集、整理各類村上春樹研究資料。匯集世界各國的村上春樹研究菁英，齊聚一堂。提供共同交換研究成果的平台。

為紀念此論文集乃是正式以「淡江大學村上春樹研究中心」之名，所邁出第一步的巨作，特別於書名上加註「淡江大學　村上春樹研究叢書1」、「淡江大學　村上春樹研究叢書2」出刊。雖然深知學海無涯，此論文集的成果，未必是達到了最高極致或無懈可擊。但堅信藉由此論文集的出刊，能延伸出更多的重要研究課題。期盼延伸、展望出的未來課題，是世界各國的村上春樹研究者、評論家所共同擁有、攜手深耕、擴大村上春樹研究的議題。以此信念與基調，期許不久的將來，繼續有第3冊、第4冊叢書的問世，綿延持續而下。

執筆者一覧（掲載順）

小森　陽一（Komori Yoichi）　　日本・東京大学教授

柴田　勝二（Shibata Shoji）　　日本・東京外国語大学教授

葉　　夌（Yeh, Ling）　　日本・熊本大学博士

葉　　蕙（Ye, Hui）　　マレーシア・ラーマン大学講師

齋藤　正志（Saito Masashi）　　台湾・中国文化大学副教授

廖　育卿（Liao, Yu-ching）　　台湾・淡江大学助理教授

曾　秋桂（Tseng Chiu-kuei）　　台湾・淡江大学教授

蔡　錫勲（Tsai, Hsi-hsun）　　台湾・淡江大学副教授

許　均瑞（Hsu, Chun-jui）　　台湾・銘伝大学副教授

目　次　　第一部

CONTENTS PART 1

目　次　第二部

CONTENTS PART 2

村上春樹文学におけるメディウム

小森　陽一

　今回の村上春樹国際学術研討会のテーマが、「メディウム」というカタカナ表記であるということは、この企画を立てられた方たちが二重三重に戦略的であることを表しています。『広辞苑』には英語読みのカタカナ表記「ミディアム」で登録されています。「メディアム」で引くと、「ミディアム」への指示が出ています。

　『広辞苑』における「ミディアム」の意味は、「①中間（物）。中くらい。②顔料を溶かす媒剤。メディウム。③ビーフ・ステーキなどの焼き加減の一つ。中心部だけピンク色で周りは火の通った、レアとウェルダンとの中間状態。」と示されています。つまり、今回のテーマは、この②の意味であり、①と③は排除する、ということが明確になるのです。

　美術あるいは芸術用語としての「メディウム」は、アルファベット表記のローマ字読みであることに気づかされます。「メディウム」の第一の意味は、『広辞苑』に示されているように、絵具を溶く溶剤のこと、すなわち油性、絵具の各種の油や、水性絵具に用いる水のことです。そこから転じて第二の、芸術家の表現素材としてのキャンヴァス、

1

絵具、大理石、木材、ブロンズなどを指す概念となり、第
三の転意として絵画、彫刻、建築といった芸術家の表現手
段の分類を指す概念となっています。

　ここで、「メディウム」という概念は、表現主体として
の表現者と、その表現を受け取る鑑賞者とを媒介する物理
的存在という意味を獲得します。物理的な意味作用の中で
「メディウム」を位置づけるなら、媒質あるいは媒体とい
う概念と結合していくことになります。

　物理学における、近接した空間に順次影響を及ぼして、
遠くに作用が伝わる近接作用の場合、作用が伝達される物
質あるいは空間を「メディウム」ととらえています。海の
波の「メディウム」は海水で、音波の場合は空気というこ
とになります。

　また生物学では、生物を取り巻く外的環境を物質として
見たとき、その物質を媒質としての「メディウム」ととら
えています。陸生生物では空気、水生生物では水が「メデ
ィウム」となります。

　そしてもう一つの「メディウム」は、神霊や死者の霊と
意思を通じて、現実の人間とつなぐ媒介者としての霊媒を
意味します。日本では口寄せという民間信仰において、巫
女が憑坐として神託を伝えるだけではなく、霊媒として神
霊、生霊、死霊の心を伝えます。

　この国際学術研討会の主催者である曾秋桂先生は、午前
中「村上春樹文学のメディウムとしての「うなぎ」」とい

う論文を発表されています。残念ながらお聴きすることは
できませんでしたが、村上春樹の最も新しい短篇集『女の
いない男たち』（文藝春秋　二〇一四年四月二〇日）の中
に、「私の前世はやつめうなぎだったの」と語る女性を中
心とした小説がありますので、そこから話を始めます。

　　「やつめうなぎは実際に水草にまぎれて暮らしてい
　るの。そこにこっそり身を隠している。そして頭上を
　鱒が通りかかると、するすると上っていってそのお腹
　に吸い付くの。吸盤でね。そして蛭みたいに鱒にぴっ
　たりくっついて寄生生活を送る。吸盤の内側には歯の
　ついた舌のようなものがあって、それをやすりのように
　ごしごしと使って魚の体に穴を開け、ちょっとずつ肉
　を食べるの」（中略）「小学生の頃、水族館で初めて
　やつめうなぎを見て、その生態の説明文を読んだとき、
　私の前世はこれだったんだって、はっと気がついたの」
　とシェエラザードは言った。「というのは、私にははっ
　きりとした記憶があるの。水底で石に吸い付いて、
　水草にまぎれてゆらゆら揺れていたり、上を通り過ぎ
　ていく太った鱒を眺めたりしていた記憶が」　（P.178）

　「やつめうなぎには顎がないの」と、自らの「前世」を
霊媒として語りはじめた女は、水生生物である「やつめう
なぎ」の、媒質としての水の中の生態を、あたかも自らの

体験のように語ります。この女の言葉の中には、幾重にも層になった「メディウム」の異なる意味作用が組み込まれているわけです。

　「顎がないの」という規定は正確です。「やつめうなぎ」は無顎類あるいは円口類とも言われ顎はなく、口は吸盤状になっていて、眼とその後方の七つの鰓孔が八つの目に見えるので、この名前になっているわけです。円口類は最も原始的な脊椎動物で、四億二千万年ほど前に海の中に現われました。同じ頃、陸上植物も登場し、空気を媒質とした生物が、ようやく姿を表した頃です。

　「やつめうなぎ」の話をする女を「シェエラザード」と、『千夜一夜物語』の語り手になぞらえているのは、作中人物としての「羽原」です。「羽原」が北関東の地方都市の「ハウス」に送られ、「近くに住む彼女」が「連絡係」として、外に出ることのない彼のために、「食料品や様々な雑貨の買い物」、あるいは「読みたい本や雑誌、聞きたいCDなどを彼の希望に応じて買ってきてくれ」る「支援活動」をしてくれている中で、「ほとんど自明のこととして」「羽原」を「ベッドに誘」い、セックスをするようになったのです。

　『シェエラザード』と題された短篇小説で、重要な設定は、「シェエラザードとの性行為と、彼女の語る物語とが分かちがたく繋がり、一対になっている」と「羽原」が感じとってしまう状態になっていることです。

　短篇小説の冒頭近くで「羽原」が、「シェエラザードは

相手の心を惹きつける話術を心得ていた。どんな種類の話であれ、彼女が話すとそれは特別な物語になった。口調や、間の取り方や、話の進め方、すべてが完璧だった。彼女は聴き手に興味を抱かせ、意地悪くじらせ、考えさせ推測させ、そのあとで聴き手の求めるものを的確に与えた。」

（P.172）と感じていたことが明らかにされています。つまり、「シェエラザード」の芸術家としての表現素材あるいは手段、すなわち「メディウム」は言葉であったということです。同時に「彼女の語る物語」と「性行為」とが「分かちがたく」、「一対になっている」ということは、「性行為」を行うことで、彼女の身体も同時に「メディウム」であるということにもなります。

　こうした関係性の中で、「シェエラザード」は高校二年生のときに、好きになった男子生徒の家に、「空き巣」に入った経験を語ることになります。このとき彼女は、「十七歳」のときの記憶を想起しながら、一つ一つの行動の細部を語っていくのですから、「メディウム」としての言葉を発すること自体が、彼女の身体を「十七歳」の記憶へ押し戻していくことになるわけです。

　シェエラザードは、羽原との「性行為を終えたあと」に、「話をする行為」を実践していました。男子生徒の家の脱衣場の洗濯物の中から、彼の汗の匂いのするシャツを見つけ、彼女は「性欲」を意識します。その話をした後、それまでになかった要求をします。

　「ねえ、羽原さん、もう一度私のことを抱けるか
な？」と彼女は言った。

　「できると思うけど」と羽原は言った。

　そして二人はもう一度抱き合った。シェエラザード
の身体の様子はさっきとはずいぶん違っていた。柔ら
かく、奥の方まで深く湿っていた。肌も艶やかで、張
りがあった。彼女は今、同級生の家に空き巣に入った
ときの体験を鮮やかにリアルに回想しているのだ、と
羽原は推測した。というか、この女は実際に時間を遡
り、十七歳の自分自身に戻ってしまったのだ。前世に
移動するのと同じように。シェエラザードにはそうい
うことができる。その優れた話術の力を自分自身に及
ぼすことができるのだ。優秀な催眠術師が鏡を用いて
自らに催眠術をかけられるのと同じように。

　そして二人はこれまでになく激しく交わった。長い
時間をかけて情熱的に。そして彼女は最後にはっきり
としたオーガズムを迎えた。（P.202）

　長期間、姿を隠していなければならない、組織的犯罪を
行った指名手配犯の逃亡生活を連想させる、「ハウス」、
「連絡係」、「支援活動」といった、いわば任務としての
かかわり方から大きく逸脱した関係性の中に、「二人」は
入っていくのです。

　三十五歳の「シェエラザード」は、「羽原」に物語る自

6

らの「話術の力」、すなわち「メディウム」としての言葉によって、自らの身体をも「十七歳の自分自身に戻」してしまうことが出来たのです。

　それはまた、自らの言葉によって、かつての記憶を「リアルに回想」する、身体の想像力の力でもあります。

　しかし「彼女は今、同級生の家に空き巣に入ったときの体験を鮮やかにリアルに回想している」という「羽原」の「推測」は、「シェエラザード」が「メディウム」ではなくなっていることの認識であることを見逃してはなりません。

　「私の前世はやつめうなぎだった」と語っていたときのシェエラザードは、「やつめうなぎ」の死霊あるいは生霊としての水中で経験したことの「記憶」を、媒介者として「羽原」に伝えていました。しかも先に引用したように、彼女は「小学生の頃、水族館で初めてやつめうなぎを見て、その生態の説明文を読んだとき」にそう思ったわけですから、眼の前の「やつめうなぎ」と、「シェエラザード」の「記憶」を媒介しているのは「生態の説明文」という人間の言葉なのです。

　もし「シェエラザード」を巫女だとすれば、彼女は死霊あるいは生霊としての「やつめうなぎ」の心を、憑坐として「羽原」に伝えているということになります。「メディウム」である媒介者の位置は、しっかりと保たれていました。

　事実、シェエラザードは、「やつめうなぎ」であったときに「自分が考えていたことまで思い出せる」と言い、「そ

の光景に入っていくこともできる」と語っていたにもかかわらず、「水中にあるもののための考えだから」（P.180）、「その考えを地上の言葉で表すことはできない」（P.180）と、媒介者としてのそして「地上の言葉」のあやつり手としての限界を「羽原」に語ってもいました。

シェエラザードが「よその家に空巣」に入る話をはじめたとき、彼女は「他人の留守宅に入っていちばん素敵なのは」（P.184）、「一人で床に腰を下ろしてただじっとしていると、自分がやつめうなぎだった頃に自然に立ち戻ることができた」（P.184）と語り、媒介者としての位置に身をおき、そこから言葉を発していました。つまり霊媒としての自己限定は保持していたことになります。

また「シェエラザード」の聴き手としての「羽原」の側も、霊媒から霊の言葉を聴く人間としての位置を保持していました。しかし、「シェエラザード」が、同じクラスのサッカー部の男子生徒の留守宅に「定期的に」「空き巣に入らないではいられないようになってしまった」（P.197）ことを語るあたりから、「羽原は一刻も早く話の続きが聞きた」くて仕方がなくなるのです。

つまり「羽原」の小説内的位置は、現実の人間から、次第に「一刻も早く」「シェエラザード」の「話の続きが聞きた」くて仕方なくなる、『千夜一夜物語』の枠物語のシャフリヤール王の位置にずらされていってしまいます。

私は『村上春樹論―『海辺のカフカ』を精読する』（平

8

凡社新書、二〇〇六年五月）において、カフカ少年が甲村図書館で読むことになるバートン版『千夜一夜物語』について論じた際、次のような指摘をしました。

　　宮殿に戻ったシャフリヤール王は、自分を裏切った王妃の首をはねてしまいます。その後、決して女性を信用することなく、処女を国中から集め、一夜だけ性交渉を持ち、翌朝、その一夜妻の首をはねてしまう、という殺戮を繰り返していくことになります。そしてついに、国中から処女がいなくなってしまうのです。

　　ここが極限的な男性による女性嫌悪（ミソジニー）の逆説的表現なのです。権力と暴力による男性による女性の支配、生殖から切り離された性行為の自己目的化、そして性浄化政策とでも言うしかない殺戮。しかし、その結果は、王家の血筋が途絶えるばかりか、その国の人口をなくしてしまうことにつながりかねません。当然誰かが、シャフリヤール王を戒めなければなりません。それがシェヘラザードの役割なのです。

　　＜中略＞

　　「おやすみでないのなら話をしてください」とドゥンヤーザードが頼み、シェヘラザードがシャフリヤール王の前で珍しくかつ不思議な話を語り続けていくことになります。王は、話の続きを聴きたいために、処刑の期日を一日また一日と延ばしていきます。そして

　　遂に千と一夜が過ぎ、シャフリヤール王は、それまで
　一夜妻を殺戮し続けてきた罪を悔い改める告白をし、
　シェヘラザードは命を奪われずに済むのです。

　「シェエラザード」の物語の魅力に取り憑かれたシャフ
リヤール王と同じ位置におかれた「羽原」は、「初めて」
彼女から「羽原さん」と「名前を呼」ばれ、「もう一度抱
き合」うことになります。

　もはや「シェエラザード」は「十七歳」の自分の憑坐で
はなく、そのときの「体験を鮮やかにリアルに回想してい
る」ために「十七歳の自分自身に戻ってしまった」のです。

　もはやシェエラザードは霊媒でも媒体でも媒介者でもな
く、自己の身体の「体験」を「回想」することによって、
身体それ自体が「実際に時間を遡り、十七歳の自分自身に
戻ってしまった」のです。「メディウム」としての役割を
自覚していたときに保たれていた、異なるレベルの世界境
界が一気に侵犯されているわけです。過去における「十七
歳の自分」と現在の自分の「身体」を自らの「優れた話術
の力」で合体させて、「メディウム」としてのあらゆる役
割をかなぐり捨てて、「十七歳」の自分と「三十五歳」の
自分の「身体」が、同時に「オーガズムを迎えた」からこそ、
「身体が何度も激しく痙攣した」のです。

　　そのときのシェエラザードは、顔立ちまでがらりと

変わってしまったようだった。シェエラザードが十七歳の頃どのような少女であったか、細い隙間から瞬間的に風景を垣間見るように、羽原はその姿かたちをおおよそ思い浮かべることができた。彼が今こうして抱いているのは、たまたま三十五歳の平凡な主婦の肉体の中に閉じ込められている、問題を抱えた十七歳の少女なのだ。（P.202）

　羽原は「三十五歳」のシェエラザードの「肉体の中に閉じ込められている、問題を抱えた十七歳の少女」の「姿かたち」を「思い浮かべることができ」るようになっています。それが「シェエラザード」の言葉と身体を媒介にして、性行為のただ中で組み換えられた「羽原」の身体的知覚感覚の変容にほかなりません。

　このように、今から十八年前の「十七歳の少女」であったときの「シェエラザード」の「姿かたち」を「思い浮かべることができる」ように羽原がなったのは、彼の身体の知覚感覚がシェエラザードの言葉を媒介にして組み換えられていったからです。

　「細い隙間から瞬間的に風景を垣間見るように」という「羽原」の意識に即した叙述は、実はシェエラザードが、「前世」の記憶を思い出すことについて語ったときの言語表現をなぞったものなのです。

　「前世のことって、全部すらすらと思い出せるわけじゃ
ないから」と彼女が言った。「うまくいけば、何かの
拍子にそのほんの一部だけが思い出せる。あくまで突発
的に、小さな覗き穴から壁の向こうを覗くみたいにね。
そこにある光景のほんの一画しか見ることはできない。
あなたは自分の前世のことが何か思い出せる？」（P.179）

　「小さな覗き穴から壁の向こうを覗くみたいにね。そこに
ある光景のほんの一画しか見ることはできない」という「シェ
エラザード」の言葉を聞いた記憶を、「羽原」が思い起し
て、変形させて反復している状態を、『シェエラザード』の
地の文の書き手は、「細い隙間から瞬間的に風景を垣間見る
ように」と叙述して、読者に伝達しているのです。
　「シェエラザード」が「メディウム」の役割を果たさな
くなったとき、決定的な役割を担うのが、「メディウム」
としての地の文の書き手なのです。
　先に述べたように「シェエラザード」と「その女」を「名
付けた」のは、作中人物としての「羽原」です。「その女
は自分のことを「三十五歳」で「基本的には専業主婦で（看
護婦の資格を持ち、ときどき必要に応じて仕事に呼ばれる
ようだったが）、小学生の子供が二人いた。夫は普通の会
社に勤めている。家はここから車で二十分ほどのところに
ある。」と自己紹介している。それについての羽原の受け
とめ方は、「少なくともそれが彼女が羽原に教えてくれた、

自らについての情報の（ほとんど）すべてだった。それが偽りのない事実なのかどうか、もちろん羽原に確めようはない。とはいえそれを疑わなくてはならない理由もとくに見当らない。名前は教えてもらえなかった」とあります。つまり羽原は、「その女」から名前を教えてもらえなかったので「シェエラザード」と名付けたのであり、「小さな日記」に「彼女がやってきた日には、「シェエラザード」とボールペンでメモ」をしているのです。

　ここで「羽原」が、自ら「小さな日記」に「ボールペンで書きつけた文字には、カギ括弧がつけられ、地の文の書き手が、読者に対して提示するカギ括弧がつけられていないシェエラザードと差異化されていることがわかります。

　「やつめうなぎ」の話を聴いた日、「羽原はその日の日記には「シェエラザード、やつめうなぎ、前世」と記録しておいた」とあるのも、羽原のメモの括弧付きの「シェエラザード」と、括弧の付かない地の文の書き手のそれとを明確に区別するための記号操作なのです。この細部としてのタイポロジーの操作は、小説の物語世界と読者を媒介する「メディウム」としての地の文の書き手によって行われていることが前景化してくることになります。

　するとマル括弧で括られた「（看護婦の資格を持ち、ときどき必要に応じて仕事に呼ばれるようだったが）」と「（ほとんど）」は、レベルの異なる認識を示していることも明確になります。つまり初めて会ったときの自己紹介

の際には明らかにされていなかった「その女」の生活が、事後的に羽原の知るところとなったこととして、マル括弧の中の記述が挿入されているわけです。

　微細な記号的差異表示としてのマル括弧が地の文の書き手の複数性と多層性を表象していることがわかれば、『シェエラザード』という短編小説に書かれていることは、この「（ほとんど）」以外のこととしての、「その女」の「十七歳」のときの「空き巣」に入った経験の物語であることにただちに気づかされます。つまり『シェエラザード』という短編小説の地の文の書き手は、マル括弧とカギ括弧といった微細なタイポロジーによって差異的に複層化された地の文の書き手は、小説テクストの外側の読者に対し、小説テクスト内のレベルを少くとも、六つに分節化して伝達しようとしているわけです。一番外側は、地の文の書き手の、「羽原」の経験に即したマル括弧の中の叙述。二番目がカギ括弧で括られた、「羽原」の「小さな日記」の中の「メモ」。三番目が「羽原」の意識に即した地の文の書き手の叙述。四番目がカギ括弧で括られた「羽原」と「その女」の会話文。五番目が「羽原」が聴いた「その女」の話で語られた出来事を地の文の書き手が「その女」の意識に即して叙述するレベル。六番目が「その女」が「空き巣」に入っていた、「サッカーの選手」であった「同じクラスの男の子」とその「母親」のレベルということに、とりあえず分けることにします。

　小説世界の外側から、小説世界の内側とのレベルの差異を、括弧のような印刷のタイポロジーによって表象し、小説の物語構造そのものとして結実させた、日本近代文学の代表作が、今年二〇一四年に連載百周年をむかえ、現在「朝日新聞」紙上で再連載されている、「夏目漱石の『こころ』」にほかなりません。「シェエラザード」が、「同じクラスの男の子」の「抽斗」から「こころ」の「読書感想文」を取り出して読むのも偶然ではありません。これは六番目のレベルのさらに内側ということは言うまでもありません。

　「メディウム」の問題系は『シェエラザード』のあらゆる細部に、正確に仕込まれています。この会場にお集まりの、すぐれた読みの力をお持ちのみなさんであれば、すでにお気づきのことと思います。これまでの論証の中で、私が引用した小説のテクスト本文の中に、「推測」という二字熟語が二ヶ所使われていました。

　最初は「シェエラザード」の話術についての「羽原」の評価を地の文で示すところでした。この三番目のレベルで使われている「推測」は、実は四番目のレベルで「羽原」が彼女のカギ括弧付きの言葉に対して実践しているところの「推測」です。つまり「推測」という二字熟語は、『シェエラザード』という短篇小説の多層化された外側から内側へのレベルの、間を分離しつつ架け橋する機能を担わされているのです。

　二番目の「推測」は「シェエラザード」が「メディウム」

ではなくなったときに出て来ていました。これは第三のレベルから第六のレベルまでを、分離しつつ架け橋しています。だからこそ、そのときの性的交渉の身体的快楽の深さを表象しうる言葉にもなっているわけです。

　小説テクストの外側から内側にいたる、異なったレベルの世界の「隙間」が「推測」という言葉によって広げられているとも言えます。だからこそ、その直後に「羽原伸行」というフルネームのもとで、彼が「シェエラザード」の「前世」であった「やつめうなぎ」でありたいという欲望を抱くのであり、最も内側であったはずの、「シェエラザード」の前世のイメージが「やつめうなぎ」の、「羽原」の意識のレベルと共有され、その小説は終わるのです。曾先生がおっしゃるとおり「うなぎ」は「メディウム」なのです。

テキスト

村上春樹（2014）『女のいない男たち』文藝春秋

参考文献

小森陽一（2006）『村上春樹論―『海辺のカフカ』を精読する』平凡社

異世界を結ぶ者たち
—村上春樹におけるメディウムと『色彩を持たない多崎つくると、彼の巡礼の年』—

柴田　勝二

1.

　村上春樹の世界には様々なメディウム——媒介者——が満ちている。それは一つにはこの語の複数形であるメディア——情報媒体——をめぐる表象であり、1970年代後半以降の情報社会のなかで生きる人間の様相が、村上が捉えるポストモダンのひとつの内実として作中に織り込まれていた。

　『風の歌を聴け』（1979）に始まり『1973年のピンボール』（1980）『羊をめぐる冒険』（1982）と受け継がれていく村上の三部作は、主人公の分身である「鼠」に仮託された60年代の残滓をいかに葬るかという主題をめぐって展開していき、そこに〈脱60年代〉としてのポストモダンのあり方が浮上していた。しかしそれと同時にそこには、ラジオ、電話からコンピューターに至る情報媒体の進展がはらまれており、『風の歌を聴け』でラジオのＤＪからかかっ

てくる電話をきっかけとして、自分にビーチ・ボーイズ
の曲をプレゼントした少女の探索を始めた主人公は、『1973
年のピンボール』では実務的な翻訳を職業として営むこと
によってみずから情報を媒介する存在となる。そして『羊
をめぐる冒険』では右翼の大物の秘書を名乗る黒服の男の
脅迫的な依頼によって、北海道に星形の斑紋をもった羊を
探しに出かけた主人公は、意識しないうちに男の仕組んだ
プログラムの上を動かされつつ、羊ではなくこの計画の起
点にいた「鼠」の別荘に辿り着くことになるのだった。

　そこには情報社会の利便さを享受しながら同時にそれに
支配され、動かされているという、現代の状況を先取りし
た人間と情報の関係が映し出されていたが、それについ
てはすでに論じている[1]ためあらためて取り上げることは
控え、ここでは村上の世界に次第にせり上がってくる、人
間自身がメディウムとして異種の世界を移動する趣向を主
に照射することにしたい。異種の世界が折り重なるなかで
主人公が生きているのは出発時からの村上作品の特徴であ
り、それは1970年を舞台とする『風の歌を聴け』にすでに
見られるものであった。60年代の終わりでもあり70年代
の始まりでもあるこの年を作品の時間的背景とするのは巧
みな設定であり、二つの時代が干渉しつつ、過ぎ去った60

1　拙著『中上健次と村上春樹』（東京外国語出版会、2009）、『村上春
　樹と夏目漱石』（祥伝社新書、2011）。

年代が影のようにとどまっている構図が、章をシャッフル
することで60年代の時間を1970年に混入させる手法[2]に
よって浮かび上がっていた。

　それは敷衍すれば生のなかに死を織り交ぜる意匠であ
り、伝統的な「無常」観とも連続する村上の死生観の表出
でもある。『ノルウェイの森』（1987）では「死は生の対
極としてではなく、その一部として存在している」という
エピグラム風の文によってそれが明示されていた。とくに
欧米の読者が多く受け取る、村上の作品が日常的な現実と
それを逸脱する超現実的な要素を混在させているという印
象も、当初から時代の推移を60年代と70年代以降という
異種の世界として差別化しつつ表象し、それらを交差させ
ることで作品を構築していた村上的手法を源泉とするもの
にほかならない。すなわち現在と過去、生と死を作品に混
在させることが、本来作者が得手とする手法であるならば、
現実と超現実、日常と非日常を隣接させ、相互に反転させ
ることはごく容易なことだからだ。『世界は村上春樹をど
う読むか』（文藝春秋、2006）の基調講演でリチャード・
パワーズが指摘する、「皆が慣れ親しんだような生活があ
り、大量消費文化があり、生き生きと描かれた「リアリス
ティック」な人物たちが暮らしている世界」が描かれるか

2　河合隼雄との対談「現代の物語とは何か」（『新潮』1994・7）で、
　　村上はいったん時間軸に沿ったリニアーな形で書き終えた物語の章を
　　シャッフルしたことを明言している。

たわらで、「巨大で幻想的な地下のパラレル・ワールドが
現われ出て、日常のなかにじわじわ忍び込んでいき、その
奇怪な巻きヒゲをリアリズムに絡みつける」ような形で、
日常的な世界とそれを相対化する非日常的な世界が共在す
るという特質は、こうした出発時からの村上の手法を欧米
の幻想文学との連携から表現したものといえるだろう。同
書でフランスの日本文学翻訳家のコリーヌ・アトランがカ
フカやボリス・ヴィアンの名前を、手法的な親密さをもつ
作家として挙げているのも自然な連想である。

　作品の具体的な表現としては、たとえば『ダンス・ダン
ス・ダンス』（1988）では札幌の「ドルフィン・ホテル」
を訪れた「僕」は、エレベーターから降りたある階で暗闇
の中に閉じこめられ、そこを手探りで進んでいくと『羊を
めぐる冒険』に登場していた「羊男」と出逢うことになる。
『ねじまき鳥クロニクル』（1994 ～ 95）では中盤失踪した
主人公岡田トオルの妻の分身的存在である加納クレタが、
彼の元に突然全裸で姿を現し、終盤では井戸の中に降りて
いたはずのトオルが井戸の壁を抜けてホテルの中に移動
し、その一室で妻のクミコと再会する。『海辺のカフカ』
（2002）では四国に家出をしたはずのカフカ少年によって、
東京にいる父親が殺されたらしい事態が生起し、終盤では
その追及を逃れるためもあって四国の森に入り込んでいっ
たカフカ少年は、太平洋戦争時の兵士たちと遭遇すること
になるのだった。

　こうした異種の世界を隣接させ、共在させる手法は、必
然的にそれらの間を行き来するメディウム的な人物をもた
らし、彼らがその現実世界の彼岸の空気や匂いを漂わせる
ことで、〈もうひとつの世界〉が傍らに存在することをほ
のめかすことになる。『風の歌を聴け』においては、「僕」
と「鼠」は超現実的な世界を生きているのではないが、作
品構築の段階において作中の時間をシャッフルすることに
よって、彼らはともに 60 年代と 70 年というふたつの世界
に存在する人物としての色合いを帯びることになる。とり
わけ「鼠」が確実に登場しているといえるのは、5 章に現
れる『ルート 66』が再放送されていた 67 年[3] のように、す
べて 60 年代に想定される場面においてであり、70 年であ
ることがはっきりしている章においては逆に「鼠」の姿は
認められない。それによって、彼がすでに異種の世界の住
人となっていることが示唆されるのだった。

　しかしこの作品では 60 年代と 70 年というふたつの時空
を行き来するメディウム的な人物が登場している。それが、
「僕」が「ジェイズ・バー」で出会った左手の指が四本の
少女で、中盤の 22 章で彼女は一週間「旅行」をすると言っ
て舞台の港町を離れ、一週間後に戻って来た時に「帰った
わ」と言っているにもかかわらず、「僕」と会った場面で

3　『ルート 66』は 1962 年にＮＨＫで放送された後、1967 年 8 月から 12
　月にかけて、フジテレビで再放送されている。

は「旅行になんて行かなかったの。あなたには嘘をついて
いたのよ。」とそれを否定している。これは彼女が一週間
の間に異種の時空に移動して生きていたために、それまで
の生活の場を離れていたにもかかわらず「旅行」はしなか
ったということであると考えられる。「僕」がＹＷＣＡの
門のところで彼女を認めた際に「一週間ばかりの間に彼女
は三歳くらいは老けこんでいた」という印象を覚えるのは
それを物語っている。おそらく彼女は60年代という異種の
時空に移動し、そこで〈3年間分〉の経験をして70年の一
週間後に戻ってきたのである。それを物語るようにこれに
つづくレストランでの場面での彼女の言葉は、突然「何故
人は死ぬの？」と「僕」に問いかけたりするなど、これま
でに見られなかった重みを漂わせ、その間に彼女が積んだ
経験を暗示している。

　『1973年のピンボール』では前作の彼女よりも明瞭な
形で異種の時空を媒介する人物が登場している。それは翻
訳業を営む「僕」のアパートに突然現れて一緒に暮らし始
める双子の少女たちで、どこからともなく現れて、「僕」
がおこなう「スペースシップ」というピンボールマシーン
の探索の後に突然姿を消してしまう彼女たちは、明らかに
1973年という作品内の時間を生きている生身の人間ではな
く、執筆時である1980年から送り込まれた形象である。
見分けのつかない彼女たちはおそらく80年代の視覚映像の
比喩であり、彼女たちの一人が着ているシャツに記された

22

「208」という数字がそれを物語っている。この数字は逆に
読めば「802」であり、それはこの作品が掲載された『群像』
1980年3月号が発刊された〈1980年2月〉という現在時を
示唆している。

　また『ノルウェイの森』（1987）の緑も、1969年から70
年という作品内の時間にはそぐわない人物であり、むしろ
自殺した直子の転生者として、1987年という執筆・発表時
の時空から送り込まれたと見なす方が自然な存在である。
直子は1970年の夏に自殺するが、すでに多く指摘されてい
るように、第三章の終わりで「僕」が寮の同居人であった
「突撃隊」から譲られた、インスタントコーヒーの瓶に入
れられた蛍を空に放つ場面が、彼女の死を象徴的に表して
いる。この時点で直子は〈魂〉になったのであり、それに
つづく第四章から緑が登場するのは、まさに彼女の〈魂〉
を引き継いで転生した人物が緑であることを暗示してい
た。緑の言動は69年当時の空気からはずれたものが少なく
なく、また「ディスコ」「ポルノ映画」「ピツァ・ハウス」
など、この時代の日本には存在していないものや用語も口
にされている。その点で緑は70年前後と80年代後半とい
う二つの時代を媒介するメディウム的存在にほかならず、
全体としてはリアリズム的に書かれたこの作品に秘かな亀
裂をもたらす人物であった[4]。また直子自身が下巻11章で

4　この点については拙著『〈作者〉をめぐる冒険——テクスト論を超え

の自殺に至る前においても生きつつすでに〈死んで〉いる
人物であり、異種の地平が彼女の上に折り重ねられていた
ことはいうまでもない。

2.

　『1973 年のピンボール』や『ノルウェイの森』に見られ
た、執筆時の作者の意識を託された人物が、過去に属する
作中の時間に送り込まれ、そこにその時代に対する作者の
批判や認識が込められるとともに、彼らが周囲との間に齟
齬を来しつつ生きる条件がつくられるというのは、もちろ
ん多くの作家に見られる手法であり、村上に特化されるも
のではない。有島武郎の『或る女』（1919）では、「新し
い女」の登場が喧伝される明治末期から大正初期にかけて
の執筆時の意識[5]を託されたヒロインが、日露戦争前の時代
を生きさせられることによって、周囲との軋轢を一層強め
ていた。また三島由紀夫の『金閣寺』（1956）でも経済成

　　て』（新曜社、2004）所収の「生き直される時間——『ノルウェイの森』
　　における転生」で詳しく論じている。
5　　『或る女』は原題「或る女のグリンプス」として『白樺』1911 年 1 月
　　から 13 年 3 月まで連載され、その後後半部が加筆され、「或る女」
　　という表題のもとに前後編から成る『有島武郎著作集』中の二巻と
　　して、1919 年に叢文閣より刊行されている。刊行時はすでに大正期の後
　　半だが、基本的な着想は明治末年から大正初年の時代性を反映させて
　　いると見なされる。

長が軌道に乗り始めた執筆時の 1956 年の意識によって、6
年前の 1950 年というアプレゲールの時代に起きた金閣焼亡
事件が語られていた。こうした手法によって、これらの作
品の主人公たちも、いわば異種の時空を自身の上に折り重
ねたメディウム的存在としての相貌を帯びることになる。

　村上はこの〈書く時間〉と〈書かれる時間〉の落差を、
後者に生きる人物を前者に移動させるという形でしばしば
利用し、それによって作品世界に意識的に異質な層を混在
させている。『或る女』の葉子も比喩的には大正初年代の
女性が明治 30 年代半ばに移動させられているといえるが、
周囲との齟齬のなかで破滅への道を辿る葉子と比べれば村
上のメディウムたちの方がむしろ他者と調和的であり、そ
のため彼らがはらんでいる異種の時空の方が目立たない面
がある。村上の 90 年代以降の作品と比べても、初期作品や
『ノルウェイの森』においては見かけの舞台が現実的な持
続性をもっているために、そこに混入された異種の時間や
空間は読者の眼につきにくいのである。

　一方『羊をめぐる冒険』の続編である『ダンス・ダンス・
ダンス』では、先に触れたように「僕」はあからさまな
異空間に入りこんでいき、またここでは死を感知する能力
をもった文字通りのメディウム──巫女──的なユキとい
う少女も登場している。彼女は「僕」の旧友で俳優の五反
田が、『羊をめぐる冒険』で「耳のモデル」として登場し
ていたキキを殺していることを鋭敏に察知してしまうのだっ

た。その後に書かれた『ねじまき鳥クロニクル』や『海辺のカフカ』では、秘かにではなく露わな形で人物が時空を移動していくが、重要なのは時間的というよりもむしろ空間的な次元でなされるその移動が、次第に作者のなかでせり上がってくる歴史や暴力への問題意識と照らし合う関係をなすことである。

　出発時の三部作で60年代的情念に決着を着けた村上の時代的な関心は、戦争という国家的な暴力を核として日本が辿ってきた近代の歴史の問題に移っていく。90年代以降の活動においては、ノモンハン事件をモチーフとする『ねじまき鳥クロニクル』や、戦争末期に脳に受けた損傷を抱えて戦後を生きていった初老の男を登場させる『海辺のカフカ』、あるいは日本人客に暴行された中国人娼婦と交わりをもつ日本人の女子大生を中心人物とする『アフターダーク』（2004）など、日本と中国をはじめとするアジアとの関係、あるいはそこで生起した戦争を取り込んだ作品が眼につくようになる。もっとも初期の『中国行きのスロウ・ボート』（1980）にも見られたように、中国との関係は出発時から村上が関心を寄せてきた問題性であり、90年代になってにわかに浮上してきたわけではない。それが次第に中心的な位置を占めるようになった背景の一つとして想定されるのは、1995年3月のオウム真理教による地下鉄サリン事件である。後に被害者へのインタビュー集『アンダーグラウンド』（1997）を編ませることになったように、こ

の事件の首謀者である麻原彰晃という人物が露呈させた暴力への欲望が、決してこの特異な人物だけでなく、自分を含む人間社会に遍在するという認識が、国家単位でおこなわれる暴力としての戦争という問題性を喚起させる一因となったといえるだろう。

　こうした作品群において、しばしば人間自体が時空を交通するメディウムとして現れるわけだが、これらの作品が村上のなかに次第にせり上がってきた歴史への問題意識を反映させているならば、登場人物は時間的な移動をおこなうはずだとも考えられる。しかし『ねじまき鳥クロニクル』や『海辺のカフカ』に現れる人物は異空間に移動するのであり、後者のカフカ少年が終盤に遂げる太平洋戦争時の兵士たちとの遭遇にしても、彼が過去の時間に遡及したというよりも、兵士たちが生きている空間に入り込んでしまう様相を強く帯びている。またこれらの後に書かれた『1Q84』（2009〜10）では、青豆と天吾という二人の主人公は、それまで生きていた1984年という時空から、それときわめて似ていながら別個のものといわざるをえない「1Q84年」というパラレルワールド的な時空に移行する。『アフターダーク』では主人公のマリは現実とは異質な空間に入り込まないが、しかし深夜から早朝に至る作品内の時間は、人びとが生活を営む朝から昼までとは差別化される〈もうひとつの世界〉であり、そこで彼女は中国人娼婦への暴行を起点とする出来事のなかに入っていくのだった。

　村上春樹の作品世界にせり上がってくる歴史への関心
と、そこで露わな形を与えられるようになる人物の時空の
移動の基底にあるものとして想定されるのは、歴史が示す
反復性であろう。すなわち戦争や革命、あるいは経済の繁
栄や衰退といった民族の命運を左右する大きな事象は、ど
の国においても時間を置いて反復されるのであり、とりわ
け他国を侵犯し、個人を無化する戦争とそこに含まれる膨
大な暴力行為は、近代の歴史でとめどもなく繰り返されて
きた。この暴力の遍在性は村上の主題として比重を高めて
いくのであり、オウム真理教による犯罪によって触発され
た、人間がはらんだ暴力への傾斜の普遍性、遍在性への認
識が通時的な次元で転移されれば、そこには戦争の絶え間
ない生起という主題が浮上することになる。地下鉄サリン
事件にしても、カルト教団によって仕掛けられた一般市民
に対する戦争としても眺められるのである。

　個人や集団、国家によって遂行される暴力の場面が時空
を超えて遍在するという着想はとくに『ねじまき鳥クロニ
クル』に明瞭で、ここでは満蒙国境で生起したノモンハン
事件という国家間の戦争が一つの核をなしながら、そこに
終戦間際の満州新京における動物や中国人への虐殺事件、
あるいはトオル自身が東京でおこなった自分を追跡する謎
の男への殴打、さらには隣人のメイが彼を井戸の中に閉じ
こめて命を危うくさせる出来事など、様々な暴力にまつわ
る挿話が連ねられて物語を形成していく。そのアナロジー

28

的な近接性を動力として人物は時空の枠を超えて媒体――
メディウム――として移動していくのである。

　それはその近似性のなかでネットワークがつくられると
いうことでもあり、トオルはその網のような結びつきをはっ
きりと意識している。

　　僕はこのあざによって、シナモンの祖父（ナツメグ
　の父）と結びついている。シナモンの祖父と間宮中尉
　は、新京という街で結びついている。間宮中尉と占い
　師の本田さんは満州と蒙古の国境における特殊任務で
　結びついて、僕とクミコは本田さんを綿谷ノボルの家
　から紹介された。そして僕と間宮中尉は井戸の底によっ
　て結びついている。間宮中尉の井戸はモンゴルにあり、
　僕の井戸はこの屋敷の庭にある。ここにはかつて中国
　派遣軍の指揮官が住んでいた。すべては輪のように繋
　がり、その輪の中心にあるのは戦前の満州であり、中
　国大陸であり、昭和十四年のノモンハンでの戦争だっ
　た。（第3部24章）

　ここには「戦前の満州」「中国大陸」「昭和十四年のノ
モンハンでの戦争」を「輪の中心」として、暴力への能動
的あるいは受動的な関与が時空を超えて拡散していくネッ
トワークが描かれている。こうしたネットワークのなかに
生きているという感覚が、人物の現実的な居場所を溶解さ

せるのであり、そこから別個の世界、宇宙への移動が生起
してくるのだといえよう。もちろんそこには、『海辺のカ
フカ』でカフカ少年の父親である田村浩一を殺害したのが
おそらくナカタさんであるにもかかわらず、カフカ少年自
身のシャツに血がべったりと着いているといった、『源氏
物語』の六条御息所を想起させるような生霊的な運動性や、
共同体の人間が「井戸」的な深層で連続しているというユ
ング的な無意識観が底流している。むしろそれらを基底と
することによって、こうした作品群における人物たちのメ
ディウム的な移動が可能となっている面がある。六条御息
所にしても、彼女が無意識のうちにおこなうものは、ライ
バル視する光源氏の正妻葵上を死に至らしめる暴力行為で
あった。

　しかし作中人物たちが異質な時空を移動することが可能
であり、それが展開の興趣をなすとすれば、当然そこには
所与の限定された現実世界を抜け出し、理念や理想を成就
させる力をはらんだ別個の時空に移るという着想がもたら
されることになる。もともと村上の世界では当初目指され
た60年代的世界への訣別が達成されて以降、逆に非情念
的で過度に個人主義的なポストモダン社会への相対化がな
されてきたのであり、登場人物たちを時空の移動によって
ロマン的な世界に入り込ませることは不自然ではない。そ
の代表的な例として挙げられる『1Q84』では、天吾と青豆
という二人の主人公たちは目立たない形で、これまでいた

「1984年」とは別個の「1Q84年」の時空に移動し、現実世界では起こらない事態を経験することになるのだった。

　この移動が示すものは、『風の歌を聴け』に始まる初期三部作とは逆に、散文的なポストモダン的時空からの離脱であり、それによって10歳の時に一度だけ手を握りあった天吾と青豆は、20年後に邂逅を遂げ結ばれるというロマン的な帰結を迎えることになるのだった。その移動を端的に示しているのが「Q」というアルファベットである。この記号が示唆するものはその形状からおそらくコンピューターの「マウス」であり、さらにそれが日本語で意味する「鼠」である。「鼠」こそは三部作において60年代の残滓的な情念を抱えて行き場を失っていった人物であり、その命運を避けるために主人公の「僕」は「鼠」的なものを切り離す生き方を選んだのだった。しかしそれによって生きていった70年代以降のポストモダンの時代が、むしろロマンや情念を欠いた空虚なものであるという認識が次第に作品に強くせり上がってくる。かつてシンガー・ソングライターとして活躍しながら1970年にセクト間の闘争で恋人を殺されてからは、それ以降の時間を「空虚な一日いちにちを受け入れて、空虚なままに送り出していくだけ」であったと語る、『海辺のカフカ』の「佐伯さん」の言葉はそれを集約的に表していた。

　したがって天吾と青豆が「Q」の世界に移ることは、象徴的にはポストモダンの時代からモダンの時代に遡行する

ことであり、それによってその時空では80年代の現実世界
では起こりえないロマン的な事態が生起するのだった。そ
の点で二人はこのきわめて似ていながら明瞭な差違をもつ
二つの世界を交通するメディウムにほかならない。

3.

　さらに村上作品におけるメディウム的存在として見逃せ
ないのは、作中における現実的な存在感は大きくないにも
かかわらず、むしろその〈不在〉性が媒介となって、本来
距離のある地点にいる人々を関わらせる働きをする人物で
ある。たとえば『アフターダーク』の日本人技術者白川に
暴行された中国人娼婦は彼女自身が物語を形成していくの
ではないものの、彼女を媒介としてその通訳を務めるマリ
は、まったく自分とは異世界の住人であったラブホテルの
女性従業員たちと交わりをもち、この世界に遍在する女性
への暴力と抑圧にあらためて気づかされることになる。
　また近作の長篇『色彩を持たない多崎つくると、彼の巡
礼の年』（以下『多崎つくる』と略記、2013）では、大学
生時代に親しい四人の仲間から突然放逐された過去をもつ
主人公の多崎つくるが、16年後にその真相を探求し始め、
名古屋やフィンランドに住むかつての仲間たちと再会する
ことでそこに接近していくが、結局つくるが放逐されたの
は仲間の一人である「シロ」こと白根柚木が、彼にレイプ

されたことを他の三人に訴え、それを信じる選択をした
彼らがつくるに絶交を言い渡したからであったことが分か
る。しかし柚木はその 10 年後に浜松に住んでいた時に殺人
事件の犠牲者となってすでにこの世の人ではなくなってい
た。この作品では柚木は死者である点で現実世界には不在
であり、にもかかわらず彼女がメディウムとなってつくる
と三人の旧友たちを再び結びつけられる役割を果たしてい
るのである。

　興味深いのは『アフターダーク』と『多崎つくる』の二
つの作品において、作中でみずから動的に行動するのでは
ないにもかかわらず、それぞれ作品の展開をもたらす核と
なる中国人娼婦と柚木という二人のメディウムに、いずれ
も暴力の犠牲者としての相貌が与えられていることであ
る。もっともその暴力は二つの作品で質を異にしており、
前者が日本人客による文字通りの暴力を受けたのに対し
て、後者における暴力は言説としてだけ存在し、実体とし
ては虚構であることが分かる。しかしその虚構の暴力がつ
くるにとっては現実的な力を振るったのであり、その点で
はつくるが言説のもたらす暴力の犠牲になったのだった。

　そして二つの作品の起点的な設定に、こうした共通性と
差違が与えられていることは決して偶然ではないと思われ
る。『アフターダーク』と『多崎つくる』は実際連続性を
もつ主題を扱った作品同士として見なされるからである。
とくに『アフターダーク』が明瞭に寓意化しているのは、

暴行された娼婦の国籍が物語るように、近代の歴史におい
て日本がアジア諸国に加えてきた暴力であり、それが違っ
た図式において『多崎つくる』に現れている。1節で触れ
たように、初期の『中国行きのスロウ・ボート』以来、中
国との関係は村上文学におけるひとつの軸をなす主題性で
あり、近代の歴史において中国が日本の帝国主義的な侵略
という暴力に晒されてきたことがしばしばモチーフとなっ
ている。日中間の緊張があらためて高まっていった時期に
当たる 2004 年に発表された『アフターダーク』はその明瞭
な寓意化[6]であったが、『多崎つくる』における暴力、被暴
力の関係はそれとの重なりをもちながら、それまでとは異
質な図式をはらんで成り立っている。それを示唆している
のがこの作品の起点に置かれている、女性と暴力の関わり
のあり方である。

6　水牛健太郎の「過去・メタファー・中国——ある『アフターダーク』論」
　（『群像』2005・6）では、この作品における中国人娼婦への暴行が、
　「日本のかつての満州と呼ばれる地域を含む、中国東北部への侵略な
　いし進出」の「メタファーであることは疑いない」という解釈が示さ
　れている。これは著者自身もいうように「拍子抜けするほどわかりや
　すい」解釈だが、『アフターダーク』が中国に対する侵略の歴史の照
　り返しとしての負い目を底流させていることは否定しえない。現実に
　『アフターダーク』発表の前年に当たる 2003 年には西安で日本人留
　学生の演じた寸劇が、不道徳なものとして見なされて中国人学生の暴
　動が起こり、翌 2004 年にはサッカーワールドカップのアジア杯で、
　中国人観客によって日本チームに激しいブーイングが浴びせられた。
　さらに『アフターダーク』が発表された翌年の 2005 年 4 月には北京
　で大規模な反日暴動が起こり、日本大使館をはじめとする多くの日本
　関係施設が投石などの攻撃の対象となった。

異世界を結ぶ者たち―村上春樹におけるメディウムと『色彩を持たない
多崎つくると、彼の巡礼の年』―

　「シロ」こと白根柚木が、16 年前につくるにレイプされ
たことを三人に訴えた際、それが事実であるとは他の三人
も思ってはいなかったが、精神的な混乱に陥った彼女を救
うことを優先させて、あえてつくるを犠牲にしたのだった。
つくるがこうした経緯を見出すに至る探索に踏み出そうと
する時に、彼がこれまでそれをおこなおうとしなかった事
情を聞いたガールフレンドの沙羅が発する忠言は、この作
品に込められた主題性を考える上で重要である。沙羅は過
去を探索しようとするつくるの企図を聞いて、その有効性
について次のように言う。

　　「記憶をどこかにうまく隠せたとしても、深いとこ
　ろにしっかり沈めたとしても、それがもたらした歴史
　を消すことはできない」。沙羅は彼の目をまっすぐ見
　て言った。「それだけは覚えておいた方がいいわ。歴
　史は消すことも、作りかえることもできないの。それ
　はあなたという存在を殺すのと同じだから」

　ここでは人間関係に生じた感情的な軋轢の所以が問題に
されていながら、それが〈歴史と記憶〉という一般的な命
題に連結され、さらに個人の存在の根拠が歴史のなかにあ
るという提言までなされている。この〈歴史と記憶〉の問
題は、つくるが過去の探索を始める展開の中盤に再度言及
されており、そこに置かれた力点をうかがわせている。つ

くるは駅を設計する仕事の合間に、沙羅の提供した情報を頼りとして名古屋に赴き、かつて自分を放逐した仲間たちのうち、今もこの地で仕事をしている「アオ」こと青海悦夫と「アカ」こと赤松慶と出会うが、赤松のオフィスで白根柚木の過去を振り返っている際に、「なんだか、歴史の話をしているみたいだな」という感想を洩らすと、赤松は「ある意味ではおれたちは歴史の話をしている」と同意する。それを受けてつくるは「記憶を隠すことはできても、歴史を変えることはできない」という、沙羅の語った科白をそのまま口にするのだった。

　この命題的な一文の反復は、『多崎つくる』が描き出す個人間の衝突や軋轢の模様に、国家や社会の次元に拡張される問題性がはらまれ、それに対する視角が寓意的に盛り込まれていることを忖度させる。それは『アフターダーク』においても同様であり、女性への暴力の主体が、産業立国を旨としてきた近代日本の比喩であるエリート的な技術者として設定されているのと重なっているが、『アフターダーク』の白川が実際の暴行者であったのに対して、つくるは柚木に現実的な暴力を振るってはおらず、彼が糾弾される正当な理由は存在しない。にもかかわらず彼は仲間からの熾烈な指弾を受け、自殺を考えるほどの打撃を受けたのだった。

　こうした現実に存在しなかった暴力によって批判や糾弾を浴びるという構図が喚起するものは、端的にいえば韓国が非難しつづけ、しかも近年その度合いをいや増しにして

36

いるいわゆる「従軍慰安婦」の問題にほかならない。これ
まで日本の中国に対する加害の歴史を盛り込みがちであっ
た村上にとっては、これは新しい方向性だが、問題の性質
自体は従来の意識を敷衍した地点にもたらされている。こ
の問題において韓国側は20万人の若い女性が戦時下に日本
政府の強制によって従軍慰安婦にされたと主張し、日本で
もそれを是認する人びとがいる一方で、それを客観的に証
す資料は乏しく、彼女たちは朝鮮人業者によって集められ
た売春婦にすぎない、あるいは少なくとも日本軍が市民女
性を強制的に連行したという証拠はないとする主張が近年
日本でなされている。

　この問題の構図を『多崎つくる』の人物関係に重ねれば、
つくるが身に覚えのない暴力によって近しい人間から糾弾
され、そこからの回復を試みるという展開は、村上が後者
の日本擁護の立場に立っていることを想定させることにな
る。中国との関係では一貫して暴力の加害者として近代日
本を位置づけてきた村上の姿勢からすればこれは意外な立
場であることになるが、あるいはそれが女性の人権侵害と
いう微妙さをはらんだ問題であるだけに、『アフターダー
ク』とは違って韓国という国を具体的な形で出さなかった
とも考えられる。

　しかし『多崎つくる』において韓国・朝鮮を示唆する表
現が様々な形で織り込まれていることは見逃せない。その
ひとつが『アフターダーク』にも姿を現していた「白」と

いう色彩である。『アフターダーク』の白川の「白」は、おそらくその人間性を脱色させたような無機的なイメージを強めるために与えられた文字であろう。一方『多崎つくる』の「シロ」こと白根柚木の「白」は、「色彩」のひとつとして意味づけられ、「色彩を持たない」つくると差別化する機能を帯びている。現実的な用法としてもこのふたつが存在し、確定されていない未来のことを「白地の時間」といったり、これまでの検討や協議を無化することを「白紙に戻す」といったりするように、「白」は色彩のひとつであるとともに、積極的な意味や性格が〈ない〉ことの比喩としても使われる。

　その意味ではつくるに白という色彩が与えられてもよかったかもしれないが、『多崎つくる』においては彼はあくまでも〈無色〉の人物なのであり、柚木のまとった「白」は積極的な色彩として「黒」や「青」や「赤」の側に置かれているのである。それは「白」が朝鮮を特徴づける色彩であるからだと考えられる。李氏朝鮮時代の民衆の衣服は、染料が乏しかったこともあって彩色されない白のものがほとんどであり、近代においても朝鮮に赴いた人びとはこの一律の衣服の色に印象づけられている。夏目漱石の朝鮮滞在中の日記にも「一度朝鮮に入れば人悉く白し」（1909・9・26）「韓人は白し」（1909・10・7）といった記述が見られる。また工芸品でも朝鮮を特徴づけるものに李朝時代の白磁がある。中国の白磁がやや青みがかった青白磁が多い

の対して、李朝時代の白磁はほとんどが完全な純白磁であり、やはり「白」の世界を形成しているのである。

　陶芸に関していえば、フィンランド人と結婚した「クロ」こと黒埜恵理はフィンランドに住み、夫とともに陶芸にいそしむ日々を送っているが、彼女の制作する陶器も朝鮮のそれを強く想起させるものである。夫が作る陶器は「余計な装飾を排したデザインと、滑らかで上品な手触り」を特色とする洗練されたものであるのに対して、恵理の作品は「僅かに不揃いなところが、またざらりとした手触りが、自然素材の布を手にしたときのような、縁側に腰を下ろして空を流れる雲を眺めているときのような、静かな落ち着きを与えてくれた」と描出される、もっと素朴な印象を与える陶器である。こうした恵理の作品の特徴は、たとえば柳宗悦が朝鮮の陶器に見出したものと近似している。『茶と美』（1941）で柳は朝鮮の庶民が使う「平凡極まる」飯茶碗の伝える魅力について、「坦々として波瀾のないもの、企みのないもの、邪気のないもの、素直なもの、自然なもの、無心なもの、奢らないもの、誇らないもの、それが美しくなくて何であらうか」と綴っている。こうした味わいは恵理の陶器のもつ「見るものの心を不思議にほっとさせる温かな持ち味」と重ねられるが、もともと室町時代以来日本の茶人たちが珍重した朝鮮からの「井戸茶碗」（高麗茶碗）も、本国では価値のない日常の雑器にすぎなかった。

　こうした知見を村上がもっていないはずはなく、恵理を

朝鮮の代表的な文化である陶芸に関わらせるとともに、その作品に日本人が好んだ朝鮮風の趣きを与えることによって、柚木だけでなく彼女も韓国・朝鮮につながる存在として位置づけることになっている。その一方で車のディーラーをしている「アオ」こと青海悦夫や、ベンチャービジネスを立ち上げている「アカ」こと赤松慶が、サムスンやヒュンダイに代表される高度に資本主義化した現在の韓国を表象しているというほどの比喩性を帯びているわけではない。しかし韓国も中国も現在は資本主義国家としての相貌をもつ以上、その姿が彼らに込められていると見なしてもとくに矛盾は来さないだろう。むしろ重要なのは、四人とつくるの出身地が名古屋であり、青海と赤松は現在もこの地で仕事と生活をつづけているという設定が施されていることである。

　『多崎つくる』における名古屋は「うすらでかい地方都市」として括られているが、この作品が「歴史」に関わる問題をはらんでいる以上、この都会もまたその文脈のなかに置いて捉えてみる必要があるだろう。その際ここが江戸時代の統治者であった徳川家にゆかりの深い地であったことを忘れることはできない。名古屋は江戸時代には御三家の筆頭である尾張藩であり、徳川家康によって名古屋城が築かれ、明治に至るまで17代の徳川家の藩主によって治められている。その点で名古屋は江戸時代の起点であると同時にその流れと一体であった。そのことを念頭に置けば、

つくるだけが名古屋を離れて東京の大学に進学し、その後
も東京で生活をつづけているという設定は、彼のはらむ記
号性に合致した合理性をもつことが分かる。つまりつくる
が明治以降の近代化、都市化の寓意であるならば、当然江
戸、徳川という〈前近代〉から離脱しなければならないか
らである。

　一方四人が大学卒業まで名古屋にとどまったのは、中国や
朝鮮が 19 世紀後半以降も近代化を達成できなかった経緯と
照応している。そこに見て取られる、前近代的な世界を近代
の趨勢が侵犯していったという図式は、やはり中国・朝鮮と
日本の関係に振り替えられるものであり、そこで生じた怨嗟
が犯される対象としての柚木にも託されている。現に赤松は
死んだ柚木が「一人で東京に出ていったおまえに失望し、怒
りを覚えていたのかもしれない。あるいはおまえに嫉妬して
いたのかもしれない」と語っているのである。

4.

　こうした作中の人間関係と、日本と中国・韓国なかでも
後者との戦後の関係を照応させれば、つくるが〈16 年前〉
に四人の仲間から放逐されたという作品の前史も理解する
ことができる。『多崎つくる』の構想、執筆が進められて
いったのは発表の前年の 2012 年であると考えられ、したがっ
てその 16 年前は 1996 年に相当する。この年に柚木がつ

くるをレイプ犯として他の三人に告発したことになるが、いわゆる「従軍慰安婦」の存在が国際的に問題化することになったのもちょうどこの頃であった。戦時中日本軍が強制的に朝鮮の女性を連行し「慰安婦」にしたという主張をおこなった吉田清治の著書（『私の戦争犯罪──朝鮮人強制連行』三一書房、1983）が 80 年代末に韓国で翻訳されたことを契機に、この問題が韓国で追及されることになり、吉田の「証言」が実証性の乏しいものであることが明らかになった 90 年代にも、それを根拠とする日本への糾弾がつづけられた。そして 96 年には慰安婦に「軍隊性奴隷制」（Military Sexual Slavery）という用語が充てられた「クマラスワミ報告書」が国連の人権委員会に提出されることになった。この報告書全体では世界中における女性に対する暴力の現況が報告されているが、そのなかの「付属文書」の一つである「日本軍性奴隷制に関する報告書」では日本軍によって設置された慰安所制度が国際法違反であることを認めることや、元慰安婦の女性達に謝罪と賠償をおこなうことなどが日本政府に勧告されている。クマラスワミはスリランカ人の女性弁護士であり、ここに至って韓国内だけからの指弾のみならず、国際的な広がりのなかでこの問題に関する日本への追及がなされることになったのである[7]。

7　韓国の高校の歴史教科書に「慰安婦」の記述がなされるようになったのも 1996 年からであり、翌年には中学校の歴史教科書でもこの記述が始まっている。歴史教科書に関していえば、保守系の言論家が中心

異世界を結ぶ者たち―村上春樹におけるメディウムと『色彩を持たない
多崎つくると、彼の巡礼の年』―

　村上はこれまで日本とアジアの関係において、基本的に
〈犯される〉側に立とうとし、その立場から作品の表象を
おこなってきた。それがこの作品においては仮想の次元で
はあれ〈犯す〉側に立ち、主体がその側に置かれて指弾さ
れたことによる打撃からいかに回復するかを主題とするこ
とになった。ある意味ではここで村上はひとつの〈転向〉
をおこなっているとも見られるが、あるいは中国からの「南
京大虐殺」に対する非難も含めて、必ずしも実証されてい
るわけではない〈物語〉としての歴史の強要に村上も辟易
を覚えているのかもしれない。しかし20世紀後半の歴史哲
学が明らかにしたように、そうした〈物語〉的な相対性の
なかにしか成り立ちえない叙述としての性格を本来「歴史」
は帯びているのである。

　また村上が近隣アジア諸国との歴史において、日本を安
易に擁護しようとしているわけではないことはいうまでも
ない。『多崎つくる』もこれまでの作品の系譜を引き継ぐ
面を明確にもっており、それが他者を傷つけることの非意
識性という問題である。つまりつくるは事実としては柚木
をレイプしたわけではないにしても、いわば潜在的な侵犯

となってこの「慰安婦」の問題を含めた従来の「自虐史観」の修正を
目指して、「新しい歴史教科書」を編もうとする団体が結成されたの
も96年であった。そしてその団体の名前が「新しい歴史教科書を
つくる会」であったことは見逃せないだろう。「つくる会」と略称され
るこの団体の名前は、『多崎つくる』の主人公の名前を想起させずに
いないからである。

を彼女に与えていたことが展開のなかで示されている。つくるはこれまで夢のなかで何度も柚木と恵理と交わったことがあり、しかも最後の射精はかならず柚木に向けておこなわれるのだった。もっとも初めてその性夢を見た時、その射精を受け止めたのは柚木自身ではなく、四人からの絶縁の後親しくなった灰田という青年で、柚木の中で放たれたはずのつくるの精液は最終的には灰田の口によって受け止められていた。

　この構図には、村上がしばしばおこなう言葉遊び的なイメージの合成が施されている。『海辺のカフカ』では主人公の田村カフカ少年と彼の象徴的な分身であるナカタさんの辿る軌跡が、展開の終盤に四国高松の「甲村記念図書館」で交差するのだったが、「田村」と「ナカタ＝中田」という二人の名前の漢字を重ねれば「甲村」が現出するのであり、この実在しない施設が二人を結びつける場であることがその名称に込められていた。

　『多崎つくる』においても灰田という青年がもつ「灰」という色彩は「白」と「黒」を混ぜて出来る色彩であり、したがってこの青年と交わりをもつことは、柚木と恵理との関係が彼を介して持続していることの比喩となる。また「灰」における「白」と「黒」の比率は当然前者の方が高い点では、灰田は柚木の代替的な存在としても見られる。そのためつくるがペニスを挿入した柚木の膣が灰田の口の中に繋がっているのであり、最初にこの性夢を見た後で、

灰田がつくるの元から姿を消したのも、柚木がつくるに〈犯
された〉後に彼が四人から絶縁されたことの擬似的な反復
にほかならない。現につくるは柚木と恵理と交わる性夢を
見ることが「想像の中で彼女たちをレイプしているのと同
じことだ」と思うのである。この時点ではまだつくるは自
分が放逐された理由を掴んでいないわけだが、その性夢と
それが彼にもたらす感慨は後に知ることになる経緯を予示
している。

　その点で柚木が物語が進行していく時点ではすでに死ん
でいながら、つくるとかつての仲間たちを関わらせるメディ
ウム的存在であることに加えて、灰田はその柚木とつく
るを媒介する人物であり、いわば二重のメディウム性を帯
びている。そしてその性格のなかで彼はつくるに、自分が
柚木にとってどのような存在であったかを再認識させる機
能を担っているのである。

　それが、つくるが彼女に対する無意識の侵犯者であった
ということだが、こうした問題を村上はこれまでも作品の
モチーフとしている。東京から家出をして四国に赴いたカ
フカ少年が、ナカタさんを媒介として無意識のうちに父を
殺害していたという展開をもつ『海辺のカフカ』はその先
蹤だが、初期の『中国行きのスロウ・ボート』にしても、
無意識のうちに知己の中国人を傷つけていた行為の意味を
遡及的に見出す挿話の集成であった。とくに『中国行きの
スロウ・ボート』との文脈を踏まえれば、『多崎つくる』

のつくるが想像の次元で柚木を〈犯して〉いたのは、やはり彼女への侵犯が遂行されたことになり、彼女に対してつくるが完全に無辜であるとはいえなくなるのである。フィンランドで恵理に会った際につくるはそうした感慨を口にしている。

　　「僕はこれまでずっと、自分のことを犠牲者だと考えてきた。わけもなく苛酷な目にあわされたと思い続けてきた。そのせいで心に深い傷を負い、その傷が僕の人生の本来の流れを損なってきたと。（中略）でも本当はそうじゃなかったのかもしれない。僕は犠牲者であるだけじゃなく、それと同時に自分でも知らないうちにまわりの人々を傷つけてきたのかもしれない。そして返す刃で僕自身を傷つけてきたのかもしれない」

　これは村上が日本と東アジアとの関係についてもつ認識とほとんど相似形をなしている。日本が戦争における「犠牲者」であるだけでなくアジア諸国への〈加害者〉でもあり、しかしそのことを大半の日本人が意識していないというモチーフは『アフターダーク』のものでもあり、それが『多崎つくる』に引き継がれていることが分かるのである。一方で興味深いのはここでつくるが口にする「犠牲者」という言葉が、これまで見たように「従軍慰安婦」や「南京大虐殺」といった事実性の曖昧な歴史的事態を根拠とする

　非難や指弾に晒される現在の日本という構図を喚起するこ
とで、そこに村上の従来とは異質な問題意識を垣間見るこ
ともできた。にもかかわらず、村上はその構造に背く形で
「歴史」よりも「記憶」を優先させるところに自分の居場
所を求めようとしているように見える。つくるは自分を放
逐した三人と再会しても彼らと衝突することなく、沙羅と
の共生という独自の未来を目指そうとする。三人だけでな
く、つくるも柚木が本当にレイプされたかどうかという「歴
史」よりも、彼女が陥っていた精神的混乱という「記憶」
を重視するのである。

　物語の前半では「記憶」の薄らぎが放逐された打撃を希
釈していったと語るつくるに、沙羅は「歴史は消すことも、
作りかえることもできないの」と釘を差したのだったが、
帰結においてはその「歴史」と事実との乖離を修正するこ
とにつくるはとくに執着を示さない。それは柚木がすでに
死んでいる以上当然であるともいえるが、その姿勢をこの
作品が底流させた国対国の関係に振り向ければ、近隣アジ
ア諸国からの批判の矢を受け止めた上で、日本が柔軟な自
律性を確保する可能性を村上は描いているのかもしれな
い。自身は異なった時空を移動しないものの、蝶番のよう
な形で異空間を媒介するメディウム的な登場者たちは、国
同士の間に生まれる軋轢や衝突という、村上の作品世界を
貫流する問題性を担う重要性を帯びた存在なのである。

テキスト

村上春樹（2002）『海辺のカフカ（上）』新潮社

村上春樹（2002）『海辺のカフカ（下）』新潮社

村上春樹（2004）『アフターダーク』講談社

村上春樹（2013）『色彩を持たない多崎つくると、彼の巡
　　礼の年』文藝春秋

参考文献

柳宗悦（1941）『茶と美』牧野書店

吉田清治（1983）『私の戦争犯罪――朝鮮人強制連行』
　　三一書房

村上春樹・河合隼雄（1994.7）「現代の物語とは何か」『新潮』

柴田勝二（2004）『〈作者〉をめぐる冒険――テクスト論
　　を超えて』新曜社

水牛健太郎（2005.6）「過去・メタファー・中国――ある『ア
　　フターダーク』論」『群像』

柴田元幸他編（2006）『世界は村上春樹をどう読むか』文
　　藝春秋

柴田勝二（2009）『中上健次と村上春樹』東京外国語大学出
　　版会

柴田勝二（2011）『村上春樹と夏目漱石』祥伝社新書

村上春樹『海辺のカフカ』論
―メディウムとしての甲村図書館を中心に―

葉　麦

1．はじめに

　『海辺のカフカ』（2002年、新潮社）は、物語が一人称語りの奇数章と三人称語りの偶数章に分けられて並行的に進展している。冒頭では無関係のように見える二つのストーリーが、実は相互に影響しあいながら同じ方向に進行していく。

　奇数章は、「僕」と自称する語り手の田村カフカが15歳の誕生日に家出をするという展開である。一方、偶数章の視点はナカタサトルという60歳すぎの男に据えられる。『世界の終りとハードボイルド・ワンダーランド』（1985年、新潮社）と同様に、二つのストーリーは並行的に進行していく。『世界の終りとハードボイルド・ワンダーランド』と違って、『海辺のカフカ』の二つのストーリーは甲村図書館で交差する。しかし、田村カフカとナカタが直接会うことはない。二人の接点は四国にある甲村図書館の管理責任者である佐伯という50代の女性である。「佐伯」と

いう設定について、須浪敏子は以下のように論じている。

　「仮説」の母親としてカフカ少年を死から再生させる
サエキさんが、弘法大師と同じ佐伯氏を名乗っているの
は、単なる偶然だろうか。作者によってなにげなく置か
れた意味深いインデックスなのではないだろうか[1]。

『海辺のカフカ』には『源氏物語』、『雨月物語』、『流
刑地にて』、『坑夫』などの作品名が見られるほか、ジョ
ニー・ウォーカー、カーネル・サンダーズを名乗る人物も
登場している。これらの固有名詞は記号として読者に何か
を想起させる装置ではないだろうか。上の引用文では「佐
伯」が記号として弘法大師に関連する設定と指摘されてい
る。甲村図書館が「弘法大師」、「白峰」と関わる讃岐、
つまり現在の香川県の県庁所在地である高松市にあるとい
う設定は、物語の舞台である四国の死と再生のイメージを
いっそう際立たせる。甲村図書館が四国にあるという設定
について、平野芳信は次のように述べている。

　甲村記念図書館が四国にあるという設定はいうまで
もなく、そこが死国（黄泉の国）であるということだ

1　須浪敏子（2008）「『海辺のカフカ』の佐伯さん」『国文学解釈と鑑
　賞　別冊　村上春樹テーマ・装置・キャラクター』至文堂 P.224

ろうが、おそらくはそれゆえにカフカ少年は時空を越えて父を殺し母に再会し交わる。あまつさえ姉を犯すことができたのだ[2]。

オイディプス神話を下敷きにして「父を殺し、母と姉を犯す」という呪いをかけられた田村カフカは、実際には父を殺すわけでもなく、母と姉を犯すのでもない。しかし、それを象徴的に成立させたのは、甲村図書館が四国にあるという設定だという論点である。そして、オイディプス神話と『海辺のカフカ』との関係について、芳川泰久は以下のように指摘している。

　　オイディプスと「僕」のあいだに隠喩的構造が成り立っている、と言っているのだ。そう考えれば、「僕」はオイディプスとのあいだで隠喩関係を結んでいる。もちろん、「僕」は〈喩えられるもの〉であり、オイディプスは〈喩えるもの〉である[3]。

オイディプス神話ではライオス王が神託を受けるのに対

2　平野芳信（2008）「君は暗い図書館の奥にひっそりと生き続ける」『国文学解釈と鑑賞　別冊　村上春樹テーマ・装置・キャラクター』至文堂 P.159

3　芳川泰久（2010）『村上春樹とハルキムラカミ――精神分析する作家――』ミネルヴァ書房 P.166-167

して、田村カフカの場合、予言は父親によるものである。しかも、田村カフカは自分の手で父親を殺すわけではない。田村浩一を殺害する人物はもう一人の主人公・ナカタである。三人の関係について、清水良典は次のように説明している。

　　殺された佐伯の恋人の霊が、カフカに憑いているのだ。（中略）つまり佐伯の恋人の「魂の闇」のエネルギーはカフカの内部の「魂の闇」と結合して「生き霊」となり、ジョニー・ウォーカーの姿でナカタの前に現れ、彼を用いてカフカの父を殺させた[4]。

　「生き霊」とは『源氏物語』に出てくる、生きている人間の魂のことである。田村カフカが甲村図書館で 15 歳の佐伯の幽霊を目撃する。生きている人間の幽霊の出現を説明するために、甲村図書館の司書・大島は『源氏物語』や『雨月物語』を例にして田村カフカに生き霊のことを述べる。生き霊はネガティブな感情によるものだと言う。それはあたかも田村カフカが父親に抱く感情である。
　以上のように、先行研究では超自然的現象の生起をめぐって甲村図書館が四国にあるという設定に注意が向けられている。それとともに、主人公が主として身を置く甲村図

4　清水良典（2006）『村上春樹はくせになる』朝日新聞社 P.82

書館自体も重要な意味を持つのではないか。なぜ図書館なのか。本稿では、『海辺のカフカ』におけるメディウムとしての甲村図書館の役割を考察してみよう。

２．母親に会うための旅

『海辺のカフカ』第１章は、主人公である田村カフカの家出から始まっている。「行く先は四国ときめている。四国でなくてはならないという理由はない。でも地図帳を眺めていると、四国はなぜか僕が向かうべき土地であるように思える」（上・P.18）と語る田村カフカは自分にも四国に行く理由が分からない。一方、「図書館で夕方まで時間をつぶすことにする。高松市の近辺にどんな図書館があるのか、あらかじめ調べておいた」（上・P.56）と目的地である四国の高松市に着いたばかりの田村カフカが言うように、家出をする前に彼はあらかじめ高松市の図書館を調べてから行く先を決めている。こうして、田村カフカの目的地は四国のとある図書館だと考えられる。

なぜ田村カフカは家出の目的地として図書館を選定するか。「図書館は僕の第二の家のようなものだった。というかじっさいには、むしろ図書館のほうが僕にとってのほんとうの我が家のようなものだったかもしれない」（上・P.57）という田村カフカの台詞に説明される。４歳のとき母親が姉を連れて家を出て、父親との関係もうまくいかない

田村カフカに対して、図書館は「ほんとうの我が家」のように家庭の機能をする場所だからである。両親の愛が得られない田村カフカは図書館に自分の居場所を求めると言えよう。両親の不在による孤独を味わう田村カフカには、図書館が少年の成長をするための知識を提供する。

　　物語や小説や伝記や歴史、そこにある本を手あたりしだいに読んだ。子ども向けの本をひととおり読んでしまうと、一般向けの書架に移って、大人のための本を読んだ。よく理解できない本でもとにかく最後のページまで読みとおした。（上・P.57）

　図書館に配架された書籍は活字化された知識として、田村カフカの成長を支えるものである。両親は子どもの成長に合わせてこの世に生き残るための知識を伝達する存在である。図書館は両親の代わりに田村カフカに膨大な知識を与える。こうして、図書館は田村カフカの「ほんとうの我が家」として親の役割の一部をつとめると考えられる。
　田村カフカが甲村図書館で最初に手にする書物は『千夜一夜物語』である。彼の『千夜一夜物語』に対する感想は以下のように語られている。

　　ずっと魅惑的だ。猥雑で乱暴でセクシュアルな話、わけのわからないはなしもいっぱいある。（中略）常

識のわくには収まりきれない自由な生命力が満ちてい
るし、それが僕の心をつかんで離さない。（上・P.95-96）

『千夜一夜物語』は「猥雑で乱暴でセクシュアル」な内
容によって、常識を離れる自由な生命力を持つ物語である。
それはあたかも田村カフカがおかれる状況であろう。父親
に管理される家を出た田村カフカは、外の世界にあふれる
自由な生命力に出会う。そして、田村カフカは自分が選ん
だ図書館について以下のように紹介している。

　　高松市の郊外に、旧家のお金持ちが自宅の書庫を改
　築してつくった私立図書館がある。（中略）その図書
　館を雑誌『太陽』の写真で見たことがある。（中略）
　その写真を見たとき、僕は不思議なほど強く心をひか
　れた。（中略）「甲村記念図書館」というのが図書館
　の名前だった。（上・P.57）

あらかじめ高松市にどんな図書館があるかと調べておい
た田村カフカは、結局甲村図書館に行くことにする。おそ
らく雑誌『太陽』の写真を見たとき、彼は既に甲村図書館
に行くことを決めたのではないか。甲村図書館に着いたと
き、田村カフカは次のように甲村図書館の外観を語る。

　　甲村記念図書館の堂々とした門の手前には、清楚な

かたちをした梅の木が二本生えている。門を入ると曲
がりくねった砂利道がつづき、庭の樹木は美しく手を
入れられて、落ち葉ひとつない。松と木蓮、山吹。植
え込みのあいだに大きな古い灯籠がいくつかあり、小
さな池も見える。（中略）それは僕の知っているどん
な図書館とも違っている。（上・P.59）

　日本式の庭がついているのは甲村図書館の特徴である。
しかし、田村カフカにとって、他の図書館と違うのはその
外観だけではない。甲村図書館の閲覧室に入った田村カフ
カは、探し続けた居場所にようやくたどり着いたように、
「その部屋こそが僕が長いあいだ探し求めていた場所であ
ることに気づく」（上・P.64）と言う。また、「まるで誰
か親しい人の家に遊びに来たような気持ちになる」（上・
P.64）と言うように、田村カフカは甲村図書館に他の図書
館と違って特別な親近感を抱く。
　そこで田村カフカは図書館司書の大島と責任者の佐伯に
出会って、甲村図書館の一員になる。佐伯に「家出をしな
くてはならない、はっきりした理由のようなものはあった
の？」（下・P.33）と聞かれる田村カフカは、「そこにい
ると、自分があとに引き返せないくらい損なわれていくよ
うな気がしたんです（中略）自分があるべきではない姿に
変えられてしまう、ということです」（下・P.33）と答える。
田村カフカの答えについて、片山晴夫は「家出の動機に内

在していたのは、父から離れて自立したいとの欲望と、彼
から与えられた予言とその呪縛からの逃避の願望である」[5]
と論じている。父親に与えられた予言について、田村カフ
カは以下のように言う。

　　予言というよりは、呪いに近いかもしれないな。父
　は何度も何度も、それを繰り返し僕に聞かせた。まる
　で僕の意識に鑿でその一字一字を刻みこむみたいに
　ね。（中略）お̇前̇は̇い̇つ̇か̇そ̇の̇手̇で̇父̇親̇を̇殺̇し̇、い̇つ̇
　か̇母̇親̇と̇交̇わ̇る̇こ̇と̇に̇な̇る̇（上・P.347-348）

それを聞いた大島が「それはオイディプス王が受けた予
言とまったく同じだ」（上・P.348）と言う。整理して言えば、
オイディプス王と同じような予言を受けた田村カフカがそ
の予言や呪縛を回避しようとして家出をするというのが、
片山晴夫の論点である。確かに田村カフカはオイディプス
王と同様に家を離れる。しかし、「もしそこに呪いがある
のなら、それを進んで引きうけようと思う。それを早く終
えてしまいたいと思う。一刻も早くその重荷を背中からお
ろしてしまいたい」（下・P.280）と語られるように、始め

5　片山晴夫（2008）「『ノルウェイの森』と『海辺のカフカ』に表れた
　物語表象――『祭り』と『憑依』をキーワードとして読み解く――」
　『日本近代文学会北海道支部会報』第 11 号、日本近代文学会北海道
　支部 P.6

から予言を知っている田村カフカはむしろそれを成就しようとしたと考えられる。「そうしようと思えば父親を殺すことはできる（現在の僕の力をもってすれば決してむずかしいことじゃない）」（上・P.17）と田村カフカが言うように、家出を15歳の誕生日にするのは、それが「父親を殺し、母親と交わる」ことが可能になる年頃だからではないか。

　そして、自分の本当の両親と思いこんでいるコリントス王夫婦の家を出るオイディプス王とは違って、田村カフカは母親のいない家を出るのである。「彼女は僕から顔をそむけ、姉ひとりをつれてなにも言わずに家を出ていってしまった。彼女は静かな煙のように、ただ僕の前から消えてしまった」（下・P.374）と語るように、何の前触れもなく田村カフカは母親に捨てられる。当時、「母は出ていく前に僕をしっかりと抱きしめることさえしなかった。ただひときれの言葉さえ残してはくれなかった」（下・P.302）と田村カフカは回想する。その経験は田村カフカにある疑問を抱かせる。

　　どうして彼女は僕を愛してくれなかったのだろう。
　　僕には母に愛されるだけの資格がなかったのだろうか？
　　その問いかけは長い年月にわたって、僕の心をはげしく焼き、僕の魂をむしばみつづけてきた。（下・P.301-302）

　母親に捨てられる田村カフカは、自分が母親に愛されていないと思っている。そのため、「さっきまでそこにあった母の顔も、やがてその暗い冷ややかな領域に呑みこまれていく。その顔は固くそむけられたものとして、僕の記憶から自動的に奪いとられ、消し去られていく」（下・P.302）と語られるように、田村カフカは全く母親の顔を思い出せない。このように、母親に捨てられる経験がどれほど田村カフカに影響を与えるかは言うまでもない。逆に言えば、田村カフカはそのぶん母親を求めて彼女に愛されたいと考えられる。母親のいない家を出れば、「母親と交わることなる」という予言が実現する可能性は高くなる。つまり、母に会えるのではなかろうか。こうして、「母親に会いたいという願望」も彼の家出の動機に内在していると言えよう。

　作品の最後まで佐伯が田村カフカの母親であるかどうかはっきりしない。それにもかかわらず、佐伯が田村カフカに「その仮説の中では、私はあなたのお母さんなのね」（下・P.111）と言うように、田村カフカは佐伯が自分の母親であることを前提にして仮説を立てる。また、佐伯に「あなたは誰なの？」（下・P.160）と聞かれた田村カフカのかわりに、カラスと呼ばれる少年は、「あなたの息子です」（下・P.160）と言う。このように、佐伯が自分の実母であるかないか、それは田村カフカにとってまったく問題にならない。彼は佐伯を自分の母親と見なすからである。

　総合して言えば、母親に会う願望を持っているため、田

村カフカは家出することを決める。甲村図書館を目的地にするのは、乳幼児期の記憶による無意識の働きなのか勝手な想像なのか、ここでは判断を保留しておく。結果として、田村カフカは甲村図書館で出会った佐伯を自分が探し求める母親と見なす。こうして、甲村図書館は田村カフカを母親に会わせるメディウムとして機能すると言えよう。また、甲村図書館は田村カフカにとって「母のいる場所＝家庭」としての機能を果たしていると考えられる。

３．父殺しの成立

オイディプス王のような予言において「母と交わること」とともに「父殺し」は欠くことができない要素である。「彫刻家、田村浩一氏刺殺される」（上・P.337）というタイトルの、父親が死亡した新聞記事を読む田村カフカは次のように大島に言う。

> 「僕が殺したわけじゃない」（と田村カフカは言う・筆者注）
> 「もちろんわかっているよ（中略）どうみても時間的に不可能だ」（と大島は言う・筆者注）
> でも僕にはそれほど確信がもてない。父が殺されたのは、（中略）ちょうど僕のシャツにべったりと血がついていた日なのだ。（上・P.340）

　父親が刺殺された日、田村カフカは夕方まで甲村図書館にいたから、大島は、四国と東京を往復するのは「時間的に不可能」だと言う。物理的な距離からいって父親を殺害するのが無理だというアリバイを持つにもかかわらず、田村カフカが「確信がもてない」と言うのは、小学生の頃から受けた予言が意識に刻み込まれているためだけではない。「僕が僕の意識と離ればなれになっていたのはせいぜい数時間のことだ。たぶん 4 時間くらいのものだろう」（上・P.117）とあるように、その日に田村カフカは 4 時間ぐらい意識不明になる。「神社の本殿の裏側にある小さな林の中で、僕は意識を失っていたのだ」（上・P.119）と言う田村カフカが神社で意識をとり戻したのは、「午後 11 時 26 分。5 月 28 日」（上・P.117）である。彼はその 4 時間の間の記憶がなくなったと言う。意識をとり戻した田村カフカは以下のようなことに気づく。

　　　白い T シャツの胸のあたりに、なにか黒いものがついていることに僕は気づく。（中略）そこに染みついているのが赤黒い血であることを知る。血は新しいもので、まだ乾いてもいない。量もずいぶんある。（中略）爪の中にまで血はしみこんでいる。（上・P.119）

　大島が言うように、田村カフカは父親を殺すには時間的に不可能というアリバイを持つ。しかし、シャツに大量の

血がついていたのも事実である。その血について、田村カフカは以下のように言う。

　　その血を僕がどこでつけてきたのか、それが誰の血なのか、まったくわからない。（中略）でもね、メタファーとかそんなんじゃなく、僕がこの手でじっさいに父を殺したのかもしれない。（中略）僕は夢をとおして父を殺したかもしれない。とくべつな夢の回路みたいなのをとおって、父を殺しにいったのかもしれない。（上・P.351-352）

田村カフカが自分が父親を殺したかもしれないと考えるのは、実際に血がついていたからであろう。では、田村カフカがいう「とくべつな夢の回路」はどんなものであろうか。以下のように、大島が田村カフカに『源氏物語』の生き霊について説明する一節がある。

　　六条御息所は自分が生き霊になっていることにまったく気がついていないというところにある。悪夢に苛まれて目を覚ますと、長い黒髪に覚えのない護摩の匂いが染みついているので、彼女はわけがわからず混乱する。それは葵上のための祈祷に使われている護摩の匂いだった。（上・P.388）

　意識をとり戻して血がついていることに気づいた田村カフカは、まさに目覚めて護摩の匂いが染み付いていることに気づく六条御息所のようである。田村カフカがいう「とくべつな夢の回路」は「生き霊」に関連するものに違いない。『源氏物語』について大島はまた次のように述べている。

　　　そのような生き霊はほとんどすべて、ネガティブな感情から生みだされているようだ。人間が抱く激しい感情はだいたいにおいて、個人的なものでありネガティブなものなんだ。そして生き霊というものは、激しい感情から自然発生的に生みだされる。　（上・P.389）

　生き霊になるためには、ネガティブな感情を欠かすことができないという。田村カフカが父親に抱くのはネガティブな感情にほかならない。こうして、田村浩一の死は田村カフカのネガティブな感情に由来する生き霊に関わると考えられる。田村カフカは「ときどき自分の中にもうひとりべつの誰かがいるみたいな感じになる。そして気がついたときには、僕は誰かを傷つけてしまっている」（下・P.64）と言う。清水良典は次のように論じている。

　　　おそらくその「もうひとりべつの誰か」とは、四歳で母に捨てられ、そのあと父親から虐待を受けつづけたカフカの中に芽生えた、あるネガティブな憎悪と恐

63

怖のエネルギーであり、カラスよりはむしろジョニー・ウォーカーにつながるべき存在だろう[6]。

　清水良典の論によると、ジョニー・ウォーカーは田村カフカの父親に感じる「ネガティブな憎悪と恐怖のエネルギー」の権化である。しかし、実際に田村浩一を殺したのは決して田村カフカではない。田村浩一の死亡記事に「世界的に知られる彫刻家、田村浩一氏（5*歳）が東京都中野区の自宅の書斎で死亡している」（上・P.337）という一節がある。一方、偶数章の主人公・ナカタは自分が中野区で誰かを殺したと言う。

　　　ナカタは中野区でひとりのひとを殺しもしました。ナカタはひとを殺したくはありませんでした。しかしジョニー・ウォーカーさんに導かれて、ナカタはそこにいたはずの15歳の少年のかわりに、ひとりのひとを殺したのであります。ナカタはそれを引き受けないわけにはいかなかったのであります。（下・P.288）

　実際にナカタが誰を殺したか作中には明らかにされていないが、そこにいたはずの「15歳の少年」は田村カフカだと考えられる。そして、自分が「ひとりのひと」を殺す理

6　清水良典（2006）『村上春樹はくせになる』朝日新聞社 P.79

由について、ナカタは次のように言っている。

　　ジョニー・ウォーカーさんはナカタの中に入ってき
　ました。ナカタが望んだことではないことをナカタに
　させました。ジョニー・ウォーカーさんはナカタを利
　用したのです。でもナカタにはそれに逆らうことがで
　きませんでした。ナカタには逆らえるだけの力があり
　ませんでした。なぜならばナカタには中身というもの
　がないからです。（下・P.140-141）

　ジョニー・ウォーカーは中身のないナカタの中に入って、
彼を利用して、田村浩一を殺すわけである。以上を整理し
て言えば、田村カフカの父親に対するネガティブな感情は
ナカタの前にジョニー・ウォーカーに化けて、彼を利用し
て田村浩一を殺すのである。当然田村カフカは自分とジョ
ニー・ウォーカーとの関連性に気づくわけがない。田村カ
フカに自分が「夢の回路」を通して父を殺したと断言させ
るのは、大島が彼に教えた『源氏物語』における「生き霊」
だと見なされよう。こうして、田村カフカの象徴的な父殺
しには『源氏物語』がなければ成立しないと言えよう。
　言い換えれば、田村カフカは『源氏物語』を利用して父
親に与えられた予言を成し遂げるのである。田村カフカが
父親に与えられた予言に対する思いについて、「カラスと
呼ばれる少年」は次のように説明している。

　もしそこに呪いがあるのなら、それを進んで引きう
けようと思う。そこにある一連のプログラムをさっさ
と終えてしまいたいと思う。一刻も早くその重荷を背
中からおろして、（中略）まったく君自身として生き
ていく。それが君の望んでいることだ。（下・P.251）

　父からの呪いという重荷をおろそうと思う田村カフカは
自ら予言を成就しようとする。それ故、彼は『源氏物語』
における「生き霊」を使って、予言された「父殺し」を果
たす。しかし、生き霊のような「外なる物理的な闇と、内
なる闇は境界線なくひとつに混じり合い、まさに直結して
いた」（上・P.388）という古典的な世界観は、近代科学に
根ざす合理主義に整合しない考え方だと思われる。一方、
それは「紫式部の生きていた時代にあたって、生き霊とい
うのは怪奇現象であると同時に、すぐそこにあるごく自然
な心の状態だった」（上・P.389）と説明されている。「図
書館という場（トポス）が過去と未来という時間を結合す
るインターフェイスだったからに他ならない」[7]と述べられ
るように、古今東西の書物を集める図書館は時間と空間の
秩序を超える場所だと見られる。こうして、甲村図書館は
『源氏物語』など古典的な世界観を現在に蘇らせる場所と

7　平野芳信（2008）「君は暗い図書館の奥にひっそりと生き続ける」『国
　文学解釈と鑑賞　別冊　村上春樹テーマ・装置・キャラクター』至文
　堂 P. 158

して、田村カフカの「父殺し」を完成させるメディウムだと考えられる。

４．オイディプス・コンプレックス

　本節ではオイディプス・コンプレックスに重点を置きながら分析を行う。村上春樹自身は「僕が物語のとりあえずの枠組み（のひとつ）にしたのは『オイディプス伝説』であって、『オイディプス・コンプレックス』ではありません」[8]、「『海辺のカフカ』は『オイディプス伝説』をひとつのモチーフにしてはいますが、『オイディプス（エディプス）・コンプレックス』をモチーフにしているわけではありません」[9]と再三にわたって述べ、フロイトが提示した概念「オイディプス・コンプレックス」との無関係を強調している。しかし、オイディプス神話を下敷きにした田村カフカの家族関係をオイディプス・コンプレックスで論じる先行研究は決して少なくはない。そのなかで、小森陽一の『村上春樹論　『海辺のカフカ』を精読する』（平凡社、2006 年）が挙げられる。小森陽一は以下のようにオイディプス・コンプレックスを説明している。

8　村上春樹（2003）『少年カフカ』新潮社（Reply to 824）
9　村上春樹（2003）『少年カフカ』新潮社（Reply to 841）

　　男の子は、まず自分の父をモデルにしながら、男と
しての能力を伸ばし、父に拮抗しようとします。一人
の女性である母をめぐって、男の子は父と三角関係の
争いを展開するというわけです。（中略）この段階の
男の子の中には、父親を抹殺したいという欲望が生じ
る、それがフロイトの言う、オイディプス・コンプレッ
クスです[10]。

　それが人間普遍的に共有するものだと言ってもよいほど
なので、決して田村カフカが特別に体験したものではない。
「だから、彼にだけ『父を殺し、母と姉をおかす』ことが
許されるはずはないのです。けれども、『海辺のカフカ』
という小説のなかで、カフカ少年の『父を殺し、母と姉と
交わる』ことが容認され、〈いたしかたのないこと〉とさ
れてしまっている」[11]と論じられている。確かに田村カフカ
は「父を殺し、母と交わる」予言を引き受けようと思う。
しかし、実際に父親を殺したわけでもないのに、田村カフ
カは自分が「夢の回路」を通して父を殺しに行ったと考え
て、自分が佐伯の息子と名乗り母と交わることを成立させ
る田村カフカは、予言をなし遂げたかのように身の周りに

10　小森陽一（2006）『村上春樹論　『海辺のカフカ』を精読する』平凡
　　社 P.29-30
11　小森陽一（2006）『村上春樹論　『海辺のカフカ』を精読する』平凡
　　社 P.58-59

起きた物事を解釈するのである。予言を引き受けるのは母
親に会う願望の一環であり、決して「父を殺し、母と交わ
る」というタブーを正当化するわけではない。一方、タブー
を回避するかのように「15歳の佐伯の幽霊」を目撃する
場面が用意されている。

　Tシャツに血がついて自分が何かの事件に巻き込まれた
と思う田村カフカは、大島に「僕には今夜泊まる場所がな
いんです」（上・P.183）と相談を持ちかける。結局、田村
カフカは甲村図書館のスタッフの一員になり図書館の一室
に泊まることになった。

　甲村図書館に泊まって二日目の夜、田村カフカは「その
夜に僕は幽霊を見る」（上・P.354）という。その「幽霊」
は以下のように書かれている。

　　　僕が昨夜この部屋で目にしたのは、まちがいなく15
　　歳のときの佐伯さんの姿だった。本物の佐伯さんはも
　　ちろん生きている。50歳を過ぎた女性としてこの現実
　　の世界で、現実の生活を送っている。（中略）でもあ
　　る場合にはそれは起こりうるのだ。僕はそのことを確
　　信する。人は生きながら幽霊になることがある。（上・
　　P.385）

　その夜、田村カフカの目の前に姿を現すのは15歳の佐伯
である。「それは生きている実体ではない。この現実の世

界のものではない」（上・P.375）と思われる 15 歳の佐伯
少女は、田村カフカに幽霊と見なされる。生きる人の幽霊
について聞かれた大島は、以下のように『源氏物語』におけ
る「生き霊」のことを田村カフカに教える。

> 『源氏物語』の世界は生き霊で満ちている。平安時
> 代には、少なくとも平安時代の人々の心的世界にあっ
> ては、人はある場合には生きたまま霊になって空間を
> 移動し、その思いを果たすことができた。（上・P.387）

平安時代において、人間の魂は身体という殻を離れ「生
き霊」になって別の場所に移動することが信じられていた
という。しかし、田村カフカの前に姿を表した 15 歳の佐伯
少女は、決して生き霊ではない。なぜかというと、大島の
『源氏物語』と『雨月物語』に対する発言が示唆的だから
である。

> 人は信義や親愛や友情のためにはなかなか生き霊に
> はなれないみたいだ。そこでは死ぬことが必要となる。
> 信義や親愛や友情のために人は命を捨て、霊になる。
> 生きたまま霊になることを可能にするのは、僕の知る
> 限りでは、やはり悪しき心だ。ネガティブな想いだ。
> （上・P.391）

　15歳の佐伯少女が田村カフカの前に現れるのはネガティブな感情によるものではない。また、50歳過ぎの佐伯が現実世界に生きているので、佐伯少女は決して死霊でもない。彼女は三回田村カフカの泊まっている部屋に出る。その場面は以下の通りである。

　　彼女は机の前に座って頬杖をつき、壁のどこかを見ている。（上・P.376）

　　でも気づいたときには、少女はすでに昨夜と同じ椅子の上にいる。枕元に置いた時計の夜光針は3時少し過ぎをさしている。（中略）少女は机の上に頬杖をつき、壁にかかった油絵を見ている。（下・P.19）

　　彼女はいつものように淡いブルーのワンピースを着ている。そして机に頬杖をついて『海辺のカフカ』の絵をひっそりと眺め、僕は息をひそめてじっとその姿を眺める。（下・P.58）

以上のように、『海辺のカフカ』という絵を見ることをくり返す佐伯少女は、決して悪意を持って田村カフカの前に出るわけではない。なぜ彼女がいつも同じ行動をするかというと、「記憶は私たちとはべつに、図書館が扱うことなの」（下・P.375）という台詞に説明される。同じ場所で

同じ行動をする佐伯少女は甲村図書館が預かる「佐伯の15歳のときの記憶」だと見なされる。

　一方、「15歳から20歳までの生身の佐伯さんを無条件で愛したいと思うし、彼女から無条件で愛されたいと思う」（下・P.23）田村カフカは、「僕が恋をしている相手が15歳の少女としての佐伯さんなのか、それとも現在の50歳を過ぎた佐伯さんなのか、だんだんわからなくなってくる」（下・P.72）と言って佐伯に恋心を覚える。そして、彼は「僕は自分が絵の中の少年に嫉妬していることに気がつく」（下・P.22）と言う。絵の中の少年とは、15歳の佐伯少女が見つめる油絵『海辺のカフカ』に描かれる佐伯の死んだ恋人のことである。田村カフカの少年に対する嫉妬について、カラスと呼ばれる少年は以下のように述べている。

　　君が誰かに対して嫉妬めいた感情を抱くなんて、生まれて初めてのことだ。（中略）君は生まれてこのかた、誰かをうらやましいと思ったことは一度もなかったし、ほかの誰かになりたいと考えたこともない。でも君は今、その少年のことを心からうらやましいと思う。もしできることなら、その少年になりかわりたいと考えている。（下・P.22）

　田村カフカが嫉妬という感情を体験するのは生まれて初めてだという。その少年、つまり佐伯の死んだ恋人になり

かわりたいとまで考えているほどの嫉妬である。それはま
さにオイディプス・コンプレックスの対象である父親に対
する感情であろう。なぜ田村カフカのオイディプス・コン
プレックスの対象が父親ではなく「少年」なのかというと、
「最初から、あなた（佐伯のこと・筆者注）をほんとうに
は手に入れることはできなかったんだ。父にはそれがわかっ
ていた」（下・P.111）と言われるように、母親なる人物
の佐伯が愛する対象は自分の父親ではないからである。ま
た、第二節で述べたように、甲村図書館は家庭としての機
能を果たしている。それが故に、田村カフカの東京にある
実家より、甲村図書館はオイディプス・コンプレックスが
発生するにふさわしい場所である。

　田村カフカが感じるオイディプス・コンプレックスにお
いて、母をめぐる「三角関係の争い」の対象は佐伯の死ん
だ恋人になるわけである。抹殺すべき対象である「少年」
は既に死んだので、彼を殺して母の愛を独占するのは不可
能である。それ故、佐伯の愛を獲得するため、田村カフカ
はその「少年」になりかわる。

　そして、佐伯と話しながら、田村カフカは「僕は彼女の
肩に手をまわす。／君は彼女の肩に手をまわす。／彼女は
君に身体をもたせかける」（下・P.123）と言う。それ以後、
「君」という二人称を使って自分の行為を語るようになっ
た。語り手の田村カフカが自分のことを「君」という二人
称で称するのは、「その少年」になりかわったためと考え

られる。それを知っているように、佐伯は「あなたはどう
して死んでしまったの？」（下・P.124）と「君」になった
田村カフカに聞く。このように、カラスと呼ばれる少年が
「僕は『海辺のカフカ』です。あなたの恋人であり、あな
たの息子です」（下・P.160）と佐伯に教えるように、佐伯
の恋人でありながら息子である田村カフカは、彼女と交わ
り、オイディプス神話のように「予言」の通りになるので
ある。

　また、「僕のことを、ずっと昔に死んでしまった恋人の
少年だと思いこんでいる」（下・P.90）佐伯は「夢を見た
まま」（下・P.90）の状態で田村カフカとセックスする。「夢
と現実の境界線をみつけることはできない。事実と可能性
の境界線さえみつからない」（下・P.91）という田村カフ
カと佐伯とのセックスは、実母と交わるタブーを解消する
方法のひとつだと考えられる。境界線の曖昧な『源氏物語』
や『雨月物語』を引用するのは、幽霊のような15歳の佐伯
少女の出現を合理化するというより、「父親の予言」に存
在するタブーを回避するためだと言えよう。これはインター
フェイスとしての甲村図書館でなければ実現できないこ
とだと考えられる。

　オイディプス・コンプレックスは大人になるイニシエー
ションの一つだと言われている。河合隼雄は「これは、一
人の少年が成長していくときに、父殺し、母殺しを成し遂

げて成長していった物語ともいえる」[12] と言って、『海辺の
カフカ』を「少年の成長する物語」と見なしている。「君」
になって佐伯との性交をする田村カフカは、イニシエーショ
ンの一つとしてオイディプス・コンプレックスを克服して
成長するようになる。甲村図書館は疑似的にオイディプス・
コンプレックスを実践する場所として少年の成長を促す役
割をつとめている。

5．おわりに

　父親に与えられた予言から逃げようとするかのように家出
をする田村カフカは四国にある甲村図書館に向かう。しか
し、運命を逃れようとするオイディプス王とは違って、田村
カフカが家出をするのは自ら予言を成就させるためである。
それで、彼は佐伯を自分の母と見なす仮説を立てる。それは
田村カフカが甲村図書館で出会う人を自分の母と信じるから
である。そして、彼は甲村図書館で父親の死を知らされる。
予言を成し遂げるため、父を自分で殺さなければならない。
それゆえ、田村カフカは大島に教えられた『源氏物語』の「生
き霊」を利用して時間的に往復が不可能な、物理的な距離と
いうアリバイを無効にする。要するに、『源氏物語』や『雨

12　河合隼雄（2002）「境界体験を語る――村上春樹『海辺のカフカ』を
　　読む」『新潮』第 99 巻第 12 号　新潮社 P.240

月物語』がもつ曖昧な境界線という世界観は、田村カフカの解釈を合理化するための最良の手段であろう。こうして、甲村図書館で田村カフカは擬似的なオイディプス神話を体験する。父親からの予言を達成するにあたって、メディウムとしての甲村図書館は欠かせない場所である。甲村図書館は、物語や小説を提供して、田村カフカの想像の世界と現実の世界とを媒介する場所だと言えよう。

　また、甲村図書館で田村カフカは 15 歳の佐伯少女の「幽霊」を目撃するような怪奇現象に遭う。一方、田村カフカは自分を「君」と名乗って、佐伯の死んだ恋人になりかわりたい願望を満たす。それはオイディプス・コンプレックスによる近親相姦のタブーを回避する仕掛けだと考えられる。こうして、オイディプス・コンプレックスを克服させるメディウムとして甲村図書館が用意されている。

　一方、『世界の終りとハードボイルド・ワンダーランド』との関わりがよく論じられている。『世界の終りとハードボイルド・ワンダーランド』において「僕」は自分の影と決別して壁に囲まれる「世界の終り」にとどまる。それに対して、田村カフカは東京の実家に帰ろうと決心する。それは甲村図書館でオイディプス・コンプレックスを克服して成長するということを意味するのではないか。成長した少年として、田村カフカは手に入れた新しい可能性を持ちながら、自分が属するもとの場所に戻る。こうして、甲村図書館は田村カフカの成長を支える空間だと見なされよう。

テキスト

村上春樹（2002）『海辺のカフカ（上）』新潮社
村上春樹（2002）『海辺のカフカ（下）』新潮社

参考文献

単行本・論文

河合隼雄（2002）『新潮』第 99 巻第 12 号新潮社

村上春樹（2003）『少年カフカ』新潮社

小森陽一（2006）『村上春樹論―『海辺のカフカ』を精読する』平凡社

清水良典（2006）『村上春樹はくせになる』朝日新聞社

柘植光彦編（2008）『国文学解釈と鑑賞　別冊　村上春樹　テーマ・装置・キャラクター』至文堂

片山晴夫（2008）『日本近代文学会北海道支部会報』第 11 号日本近代文学会北海道支部

芳川泰久（2010）『村上春樹とハルキムラカミ―精神分析する作家―』ミネルヴァ書房

『1Q84』における媒介者(メディウム)
─〈ふかえり〉の巫女としての働きを中心に

葉　蕙

1．スピリチュアルな世界の女性たち

　村上春樹は現実の世界と並行する別の次元の世界について
描くことが得意な作家である。多くの作品において、共通す
るモチーフである「もう一つの世界」を意識的に取り上げて
いる。また、彼の小説に登場する女性キャラクターは、主に
現実世界の女性とスピリチュアルな世界の女性に分類するこ
とができる[1]。そのスピリチュアルな世界の女性たちは、ほ
とんどの場合は主人公を異界へ導くシャーマン的な存在とし
て、「霊媒的」あるいは「巫女」的役割を果たしている[2]。
例えば、『羊をめぐる冒険』の「耳の女」（キキ）や『ダン
ス・ダンス・ダンス』の少女ユキ、『世界の終りとハードボ

---

[1]　金子久美（2011）「村上春樹研究～『羊をめぐる冒険』における「僕」
　　と〈耳の女〉をめぐって～」岩手大学語文学会、64-54 頁を参照。

[2]　村上春樹は「ロングインタビュー」で言う。「僕の小説に出てくる女
　　の人は、特殊な例は別にして、失われていくものか、あるいは巫女的
　　な導くものか、どちらかというケースが多かった」（『考える人』新
　　潮社、2010 年 7 月、43 頁）。

イルド・ワンダーランド』の図書館の女の子、『ねじまき鳥クロニクル』の加納マルタとクレタ姉妹、『1Q84』の〈ふかえり〉などは、いずれも霊的な存在だと言えよう。

　『羊をめぐる冒険』における〈耳の女〉が耳の開放をすると、「予言」を聞くことができ、それなりに「耳」を媒介として主人公を異界へ導いている。『世界の終りとハードボイルド・ワンダーランド』という並行した物語において、「私」は「ハードボイルド・ワンダーランド」（表層の意識的な部分）という現実の世界で〈太った娘〉に先導される一方、「僕」は「世界の終り」（深層の無意識的な部分）というスピリチュアルな世界で「図書館の女の子」を通じて一つに繋がっていた。『ねじまき鳥クロニクル』に出てくる加納マルタは「水」を媒介に使う占い師であるが、その妹加納クレタも姉と同じように霊的素質を持つ女性で、ある意味では二人とも霊の力を持つ女だと言える。そして『ダンス・ダンス・ダンス』に登場した13歳の少女ユキは霊感能力を持っていて、主人公の「僕」が求め続けてきた「耳の女」が親友の五反田君によって殺されたということを解き明かしてくれたのである。

　とはいえ、ユキを除いて、主人公はその霊的な女性たちとある程度の肉体関係を持つ。「セックス」とは村上小説の主人公のこの世とのつながり方であり、常に売春や不倫などの形によって、女性の身体を具象化、記号化、性徴化させる。特に『1Q84』において、〈ふかえり〉は主人公の

天吾と「オハライ」と呼ぶ宗教的儀式的に行われる性行為
によって、女主人公の青豆を「処女懐胎」させ、いっそう
神話的要素を加えたのである。

　本稿では、とりわけ〈ふかえり〉に焦点を当てて、彼女
の巫女としての働きが、どのように物語の展開と関連する
かに焦点を絞って考察を試みたい。

2．「アニマ」的存在：ふかえり

　村上春樹が 2009 年にインタビューを受けて語ったことで
あるが、「『風の歌を聴け』と『1973 年のピンボール』に
は出てこなかった暴力と性が、作品を重ねるにつれて僕に
とって大事な問題になってきている」[3]。ここから、『1Q84』
が暴力と性を重要なモチーフとして書かれた作品であり、
中でも〈ふかえり〉の人物像はまさにユングのいう男性の
無意識の中の女性像「アニマ」[4]であると言ってよいだろう。

　心理学者の河合俊雄は『1Q84』を夢テキストと見なし

3　村上春樹（2009）「『1Q84』への 30 年— 村上春樹氏インタビュー、
　読売新聞」2009 年 6 月 17 日。

4　ユングは夢分析の際に、男性の夢に特徴的な女性像が多く出現するこ
　とに注目して、そのような女性像の元型（Archetype）が、男性たちの
　共通のイメージに存在すると仮定し，それをアニマと名づけた。つま
　り、男の無意識の中には「アニマ」という女性性があり、女の中には
　「アニムス」という男性性があると言う。参照 C.G.ユング（1994）『転
　移の心理学』林道義・磯上恵子訳、みすず書房、76-77 頁。

て、ユング心理学の手法でこの作品を解釈した[5]。それは
『1Q84』の主な登場人物をユングの「結婚の四位一体性」[6]
の概念と対応づける論脈である。

　「結婚の四位一体性」という概念は、ユングが錬金術の
研究から抽出した考え方である。簡単に言うと、錬金術師
はソロル（神秘の妹）と呼ばれる助手との関係を通じて、
聖なる王と王妃の関係を実現する[7]。すなわち男性（錬金術
師）は女王によって表され、女性（神秘の妹）は王によっ
て表される。王様と王妃様と、この二人がそれぞれ持って
いる元型であるアニマ・アニムスとの四者が結合するとい
う考え方で、錬金術の最終的なプロセスである。そして、
河合俊雄は青豆と天吾との運命的な出会いをこの結婚の四
位一体性で分析する。

　一方、内田康は、河合の分析はユングの図式とは正確に
は一致しないと主張している[8]。内田によれば、「リーダー」

5　河合俊雄（2011）『村上春樹の「物語」夢テキストとして読み解く』
　　新潮社　144-152頁。ユング（1994）『転移の心理学』林道義・磯上
　　恵子訳、みすず書房、77-95頁。

6　ユングは、一般のキリスト教がいう三位一体（御父、息子、聖霊）と
　　しての神（Triune God）のモチーフからまとめて、悪魔を加えた四位
　　一体の概念を主張している。

7　大澤真幸（2011）「村上春樹『1Q84』の「色即是空」と「空即是色」」
　　（『波』2011年9月号）38頁。

8　内田康（2014）「村上春樹『色彩を持たない多崎つくると、彼の巡礼
　　の年』論―「調和のとれた完璧な共同体」に潜む闇―」、《淡江外語
　　論叢》23期、221-239頁。

のアニマたる〈ふかえり〉と青豆のアニムスたる天吾の結合によって、初めて「四位一体」の「聖なる関係」が成立するとのことである。それゆえに、河合の言う「神秘の妹」は青豆であり、〈ふかえり〉こそが「王」たる天吾と結ばれるべき「錬金術師」のアニマなのだ、と述べた。つまり、「リーダー」のアニマたる〈ふかえり〉と青豆のアニムスたる天吾の結合によって、初めて「四位一体」の「聖なる関係」が成立することになるという考察である。

　『1Q84』は、ユングの「結婚の四位一体性」と深く関わっていると思われるが、ただし誰が「錬金術師」で誰が「ソロル」なのか、誰がアニマで誰がアニムスなのかは、実に多義的に描かれている。「ソロル」は青豆だという解釈もできるが、〈ふかえり〉だと考えることも可能であろう。

　ここでは、主人公の天吾と青豆、「さきがけ」のリーダーと〈ふかえり〉の四者関係を検討しながら、四人の対立の構図をユングが取り上げている「結婚の四位一体性」という概念に問題を絞り込み、テキストに描かれている四人の役割をより具体的に解明したい。

２．１　「結婚の四位一体性」とは何か

　四位一体性というのは、一般的に男女二人だけの関係とされた恋愛関係において、無意識に男性が持つ女性像（アニマ像）、女性が持つ男性像（アニムス像）を含めた四者関係を導入する考え方である。ユング派の心理療法に携わる河合俊

雄は、「結婚の四位一体性」とは現実の意識的な男女関係の上に、互いに持つ無意識的な異性像が投影されており、二人の想像上の異性像が関係しているので、あたかも男女四人の関係のように構成される[9]、と説明している。

『1Q84』の核心的装置が『金枝篇』[10]であることは、多くの学者に論じられている。周知のように、『金枝篇』は人類学者のジェイムズ・フレイザーが書いた本で、「王殺し」という古代の風習や神話のルーツを探る研究書である。『金枝篇』において、錬金術師は女性の助手（ソロル）との関係を通じて、聖なる王（アニムス像）と王妃（アニマ像）の関係を実現し、超越的な結合を目指す。そして『1Q84』では、リーダーと〈ふかえり〉が聖なるカップルとして、青豆と天吾が人間の関係として存在している。物語の展開に従って、リーダーが青豆と、天吾が〈ふかえり〉とつながる事により、四位一体性の中で聖なる関係の方が棄却され、人間の関係が実現しているのだ[11]と河合俊雄は見なす。よって、この四位一体性の関係の中で、主人公たちは超越性との出会いを通じ現実を相対化し、恋愛を成就させると考えられる。

9　河合俊雄（2011）『村上春樹の「物語」　夢テキストとして読み解く』145 頁。

10　たとえば、①安藤礼二（2009）「王を殺した後に：近代というシステムに抗う作品《1Q84》」（『村上春樹『1Q84』をどう読むか』河出書房）13-18 頁、②劉研（2014）「天吾：王者歸來」（《國際村上春樹研究輯一》）285-309 頁。

11　同注 9、第 6 章 129-152 頁を参照。

　河合によれば、「さきがけ」のリーダーとその娘〈ふかえり〉の関係が聖なるカップルに、主人公の天吾と青豆が生身の人間のカップルであり、天吾が〈ふかえり〉に、青豆がリーダーに同時に関わることで、四位一体が形成されるという。

　それではまず、河合俊雄がユングの『転移の心理学』に基づいて作成した「四位一体性」の関係図を参照されたい。

　河合俊雄の考察では、錬金術師とその助手である神秘の妹（ソロル）がお互いに直接に関係を持たず、それぞれが王妃と王で表象されるアニマとアニムスとつながることが大切である。王は男性側（錬金術師）を、女王は女性側（神秘の妹）を示している。この二人の姿と内容とは錬金術師と神秘の妹の無意識から投影されたもので、投影された人格の一部とは男性の内にある女性性（アニマ）である。

　同じように女性の場合は男性的な側面（アニムス）のみが投影される[12]という。

表1：錬金術師、神秘の妹、レトルトの中の王と女王の四位一体性の関係図

人間の関係	錬金術師	神秘の妹
聖なる関係 （無意識）	王 （アニムス）	王妃 （アニマ）

---

12 ユングの『転移の心理学』第二章「王と女王」63-95 頁を参照。

　筆者は、『1Q84』に登場する主な人物の天吾、青豆、「さきがけ」のリーダー（深田保）、そして〈ふかえり〉（深田絵里子）の四人の関係を河合が作成した「結婚の四位一体性」の関係図に基づいて、次のような表2にまとめてみた。

　表2に示したように、天吾が〈ふかえり〉に、青豆がリーダーに同時に関わっている。雷鳴の中での青豆によるリーダーの殺害と天吾とふかえりの交わりが同時に起こったことは一つの密儀であると見なされている。ユングが指摘したように、錬金術における王と王妃は近親相姦的な関係であるように、リーダーと〈ふかえり〉の関係もそのようになっている。ここでは注目すべきことは性の交差が現れているのである。それは「リーダー」が言う「多義的な交わり」に当てはまると思われる。

　このようにすると、四人の関係は互いに交差するし、その中で〈ふかえり〉はパシヴァ＝「巫女」という重要な役割を担っている。この17歳の美少女は『空気さなぎ』という小説を介して、主人公の天吾を1Q84年の世界（天吾は『猫の町』と名づける）へ導き、20年も離れ離れに生活していた青豆と運命的な再会を成し遂げさせたのである。

　要するに、「さきがけ」なる教団のリーダーと〈ふかえり〉の関係が超越的で聖なるカップルに、主人公の天吾と青豆が現実の生身の人間のカップルであり、天吾が〈ふかえり〉に、青豆がリーダーに同時に関わることで、この結婚の四位一体性が形成されていると考えられよう。

表2：『1Q84』における「結婚の四位一体性」の関係図

現実の世界 （生身の人間のカップル）	超越的世界 （神聖なカップル）
天吾(アニムス) レシヴァ＝受け入れるもの 作家を志す数学教師	「さきがけ」のリーダー パシヴァ（リトル・ピープルの声を聴くもの）＝預言者の役割を果たす
青豆(アニマ2) レシヴァ＝受け入れるもの スポーツ・インストラクター 暗殺者 （ドウタ）	ふかえり(アニマ1) パシヴァ＝巫女の役割を果たす （マザ）

2．2　『1Q84』の物語の原点

　『1Q84』において、主人公の天吾は、現実世界の青豆とスピリチュアルな世界の〈ふかえり〉という二人の女性によって支えられていると言える。その〈ふかえり〉は、実は天吾と青豆の運命の糸を握っている人物である。

　そもそも『1Q84』の物語の原点は、二人が10歳[13]だった初冬のある日に起こった出来事である。小学生時代、天吾は同級生の青豆をいじめから救い、その放課後の教室

13　河合俊雄は「10歳」という年齢について、自分で自分を意識するという自己意識が確立される年だという。また、臨床心理士で島根大学教授の岩宮恵子も10歳は子供としての完成に近づいている年齢であり、第二次性徴を初めとする思春期のさまざまな混乱を迎える直前の臨界点にある年齢という。岩宮恵子（2009）「十歳を生きるということ—封印された十歳の印としてのふかえり」（『村上春樹『1Q84』をどう読むか』河出書房新社）113-118頁。

で、青豆は天吾の左手[14]を堅く握り締め、黙って姿を消した（Book 1、275 － 276 頁）。そして 20 年後、天吾と青豆はそれぞれ空に二つ月の浮かぶ「1Q84」という物語世界に引き込まれてゆく。天吾がふかえりの『空気さなぎ』を書き直したことを契機に物語が起動して、二人を 10 歳の記憶の原点へ向かって遡及させる物語の力（浅利文子、2011）[15]、ひいては〈ふかえり〉の巫女（メディウム）としての力が働き出したのである。

　〈ふかえり〉は「さきがけ」というカルト教団のリーダー・深田保の実娘であり、父親から性的虐待を強要される故に、教団から逃げ出した。そして父親の友人で元人類学者の戎野に匿ってもらう。彼女は識字障害（ディスレクシア）のため、自分が「さきがけ」にいた時の経験を口述、それを戎野先生の娘アザミが筆記し、『空気さなぎ』という小説にまとめて新人賞に応募した（Book 1、179 頁）。そして作家を志す天吾が、小松という編集者に『空気さなぎ』を書き直すことを依頼される。

　精神科医であり評論家でもある斎藤環の考察では、〈ふかえり〉は天吾とともに小説を書き、「反リトル・ピープ

14　ユングは『転移の心理学』の中で、「左手」に関して詳しく解明している。要点をまとめると、左手で触れるということはその男女の関係が感情的な性質のものであり、秘密が守られるという。さらに、右は意識へと通じ、左は無意識に通じるからだと説明されている。

15　浅利文子（2011）「1Q84――青豆の身体」法政大学レポジトリ　108 頁。

ルのモーメント」を確立しようとするのである[16]。そして、ふかえりが知覚し、天吾が受け入れるのである。また、天吾は『空気さなぎ』の書き直し時点で、既にふかえりと「ひとつになっている」。その雷鳴の夜、ふかえりが「オハライ」と呼ぶ天吾との性行為は、天吾自身をレシヴァに変えた。そのことは青豆がリーダーを殺すことと同時に生じ、〈ふかえり〉とつながることによって、二人は超越性とつながることになるのである。

2．3　ふかえりはエロスを超越する存在

　古代ギリシアにおいて、愛の概念は三つある。それはフィリア（Philia、友情）、エロス（Eros、男女の愛）とアガペー（Agape、精神的な愛）である[17]。明らかに、天吾と〈ふかえり〉は一度だけの「オハライ」という儀式を通じて肉体関係を持っているにもかかわらず、彼女はエロスを超越した両義的な存在であると言える。

　天吾がはじめて新宿の木村屋で〈ふかえり〉と会ったときの印象は次の通りである。

　「ふかえりは小柄で全体的に造りが小さく、写真で見るより更に美しい顔立ちをしていた」、「印象的な、奥行き

16　斎藤環（2009）「ディスレクシアの巫女はギリヤーク人の夢を見るか？」（『村上春樹『1Q84』をどう読むか』河出書房新社）77 頁。

17　Irving Singer, *The Nature of Love: Plato to Luther*, Chicago: University of Chicago Press, 2009, pp.160-232, 268-311.

のある目だ。ほっそりとした体つきだったが、そのバランスからすれば胸の大きさはいやでも人目を惹いた。かたちもとても美しい」（Book 1、83 頁）。天吾は「その潤いのある漆黒の一対の瞳で見つめられると、落ち着かない気持ちになった」、「そちら（胸）に目を向けないように注意しなくてはならなかった」。しかし「そう思いながら、つい胸に視線がいってしまう。大きな渦巻きの中心につい目がいってしまうのと同じように」（Book 1、88 頁）。その上、〈ふかえり〉は『羊をめぐる冒険』の「耳の女」キキと同じような魅力的な耳をしている。

　天吾が「ふかえりの胸に目が行かないように注意しなくてはいけない」というところから見れば、17 歳のふかえりは、まさに「アニマ」的性の魅力ある女である。

　天吾については、「図体はでかい。心優しい目をしている」、「運動も得意」だった（Book 1、83 頁）。彼は小さい時から「数学の神童」（314 頁）と見なされていた。筑波大学の出身で、文芸誌編集を手伝いながら作家をめざしつつ、予備校で数学講師をしている。大学を出るまで柔道選手で、年上のガールフレンド安田恭子と週一度セックスを楽しんでいる。明らかに、青豆と再会する前に、天吾の世界では、愛とセックスはかかわりのないものとして存在する。天吾と年上のガールフレンドとの関係は、「そこに自分の責務がない」、「自分が完全にコミットする必要がない」という対人関係で、それは世界自体の解離であり、

その極めが1984年と区別された1Q84年という世界だ、と河合俊雄は解釈している[18]。

　文芸評論家の安藤礼二によれば、物語の終盤で、天吾はカルト集団「さきがけ」のリーダー（旧い王）から王位を継承して、その娘の〈ふかえり〉と「多義的に」交わることによって、次世代のレシヴァとなっている[19]。事実上、〈ふかえり〉は自分の体験を世に知らせることによって、「反リトル・ピープル」の行動を立ち上げて、天吾を助けたのである。

　いずれにせよ、天吾が書き直した小説『空気さなぎ』は新人賞を獲得しベストセラーになる。国文学者石原千秋は、〈ふかえり〉が「物語」を導入し、天吾がその「代理人」となった。それは〈ふかえり〉が「リトル・ピープル」を導入し、「リーダー」がその「代理人」となった構図と同じだと指摘している[20]。そしてその結果として、天吾は〈ふかえり〉に導かれて、青豆と二十年ぶりに再会することが成就されたのである。

18　河合俊雄（2011）『村上春樹の「物語」　夢テキストとして読み解く』新潮社　78頁。

19　安藤礼二（2009）「王国の到来：村上春樹『1Q84』」『新潮』2009年9月号　188-203頁。

20　石原千秋（2009）「いまのところ「取扱注意」である」（『村上春樹『1Q84』をどう読むか』河出書房新社）61頁。

3．もう一つのアニマ元型：青豆

　高級スポーツクラブのインストラクターである青豆は、もうひとつのアニマ元型であると言えよう。

　彼女は「身長は 168 センチ、贅肉はほとんどひとかけらもなく、すべての筋肉は念入りに鍛えられている」。「唇はまっすぐ一文字に閉じられ、何によらず簡単に馴染まない性格を示唆している。細かい小さな鼻と、いくぶん突き出した頬骨と、広い額と、長い直線的な眉」。「おおむね整った卵形の顔立ちである。いちおう美人といってかまわない」（Book 1、25 頁）。

　しかし、そんな青豆は、あるとき、まるで般若のような顔に変わる。「ところが何かがあって顔をしかめると、青豆のそんなクールな顔立ちは、劇的なまでに一変した。顔の筋肉が思い思いの方向に力強くひきつり、造作の左右のいびつさが極端なまでに強調され、あちこちに深いしわが寄り、目が素早く奥にひっこみ、鼻と口が暴力的に歪み、顎がよじれ、唇がまくれあがって白い大きな歯がむき出しになった」（Book 1、26 頁）。これは青豆のスポーツ・インストラクターという表の身分と暗殺者という裏の身分を対照的にするためであろう。

3．1　超越性との邂逅

　なぜ青豆の顔はこんなふうに劇的に変化するのか。それ

は幼いころのトラウマが原因と考えられる。青豆は天吾と同じように、幼い時豊かな環境を与えられなかった。10歳ごろまで天吾は、日曜日になると、NHKの集金人である父親の仕事で連れまわされることが、嫌で苦痛以外の何者でもなかった。青豆もカルト宗教「証人会」（原型は「エホバの証人（ものみの塔）」である）を深く信仰する両親の布教活動に連れられて、日曜日がつぶれてしまうという共通点があった。しかし、彼女は10歳になった時点で信仰を離れ、両親と縁を切ることを決断して、自分の道を切り開こうとしたのである（Book 1、402頁）。このように、彼女は「証人会」の被害者でありながら，女性を虐待するDV男性たちの暗殺者になるという二重生活をしている。

　物語の中で、青豆は〈ふかえり〉と顔を合わせたことが一度もなかった。リーダーを殺害した後、「麻布の老婦人」に用意された隠れ家で暮らしていた時に、『空気さなぎ』を読むことによって、青豆は〈ふかえり〉や「リトル・ピープル」のことをより詳しく知ることになる（Book 2、第19章）。そして「これは〈ふかえり〉が体験した現実だ」、と青豆は確信する。

　小説『空気さなぎ』では、主人公の少女の分身のようなドウタがその中にあった。その少女は青豆であり、〈ふかえり〉の分身＝「影」だと言ってもよい[21]。言い換えれば、『空気

21　「マザ」と「ドウタ」との関係については、Book3の第18章で、小

さなぎ』を媒介として、青豆とふかえりは実体の「マザ」（パ
シヴァ）と分身の「ドウタ」（レシヴァ）という生命共同体
である[22]。ユングは夢に出てくる異性像をアニマ、あるいは
アニムスと名づけて、「影」と区別した[23]。〈ふかえり〉と
青豆の人物造形は内面に「影」やアニマの元型を注入してい
るが、天吾がよく性的な幻想をしたり憂鬱な感情にとらわれ
たりするのは、アニマの作用によると言えよう。

　つまり、〈ふかえり〉と青豆は二人組になって、同時に
天吾のアニマとしての役割を担っている。その上、青豆は
リーダーを殺した夜、物理的空間を隔てて、性行為抜きで
天吾の子供を身ごもったのである。この青豆の妊娠は、リ
トル・ピープルが求めている後継者を誕生させることにな
るであろう。だが最終的に、天吾と青豆は再会を果たし、
その「小さなもの」と共に1Q84年の世界から脱出するこ
とになった。そこで、1984年の世界に戻った二人からは、

松と天吾の対話で明らかになった。天吾の病院にいる父親のベッドの
上に空気さなぎが現れ、少女としての青豆がその中に収められてい
た。ふかえりによれば、空気さなぎという装置（システム）を通して
ドウタ（分身）を生み出せる。そしてドウタを作り出すには正しいマ
ザが必要とされる。ふかえりの父親は「声を聴くもの」パシヴァ＝預
言者で、天吾や青豆はレシヴァのような役割を果たしていた。

22　『1Q84』の世界では月が二つ浮かんでいる。ひとつは黄色い月、もう
　　一つは寒々しい色合いの緑色の月だ。この一対の月は実は母子だと考
　　えられる。大きな月がマザたる〈ふかえり〉で、小さな月がドウタた
　　る青豆である。

23　河合隼雄（1987）『影の現象学』講談社、38-40頁。

はたして「後継者」が生まれるかどうかという疑問が残る。それは『Book 4』の続きがない限り、謎も解かれないままになるであろう。

　『1Q84』は「マザ」（母）と「ドウタ」（娘）の物語だというのも、散々論じられている。そして〈ふかえり〉がマザなのかドウタなのかについては、天吾と小松が Book 3 の第 18 章において考察している。天吾は、〈ふかえり〉は「生理がないから、ドウタであろう」と判断を下しているが、やがて「ふかえりの場合、マザがそばにいなくてもドウタは巫女としての役割を果たすことができたのかもしれない」と結論づけた。彼が「あるいはふかえりは場合によって実体と分身とを使い分けることができるのか」と感じ、また小松が言ったように、「ふかえりの分身は、本体から遠く離れていても巫女として機能することができた」のであった（365頁）。結局、場合によって、青豆と〈ふかえり〉はお互いに「マザ」となったり、「ドウタ」となったりしていると考えざるを得ない。そもそも「マザ」と「ドウタ」は宗教的な概念で、多義的で曖昧な意味をもっている。特に『1Q84』を心理学の観点から論じるのは、本質的な部分を損なう危険性がある。ユングの「結婚の四位一体性」という概念の中で、誰が「錬金術師」なのか、誰が「ソロル」なのかが多義的に描かれているように、「マザ」（実体）と「ドウタ」（分身）は二つのものではなく、一つのもので、分割できないと考える。またこの中には神話的要素も見ら

れる点から、〈ふかえり〉は超越性を持っている巫女であ
ることが証明できる。

　このようにして、青豆はリーダーの殺害によって超越性
との邂逅を果たすに至ったのではなかろうか。

３．２　青豆の子宮：もう一つの「空気さなぎ」

　青豆の受胎はある意味で、聖母マリアが聖霊から身ごもっ
た[24]のと同じようなことになる。すなわち、青豆の「子宮」
はもう一つの「空気さなぎ」になっていると思う[25]。いうま
でもなく、「処女懐胎」というのは『1Q84』において一番
不思議な仕組みである。このゆえに、青豆の妊娠は物語の
大きな転機となった。Book 3 の最終章（583-602 頁）にお
いて、青豆は天吾と共にリトル・ピープルから逃げ、1984
年の世界に帰還するが、これにより青豆とその「小さなも
の」が 1984 年の核となる。もし青豆がその「正体不明」の
子どもを産むとしたら、それは超越性を持つ「後継者」と
なり、天吾の代わりに「新しい王」となるであろう。いず
れにせよ、最後に〈ふかえり〉の身体を通じ、青豆と天吾
の純愛物語として結論づけられるのである。

　言語学研究者の塩田勉が指摘したように、青豆と天吾が
不思議な絆で結ばれていくのは，二人の生い立ちに共通点

---

24 新約聖書『マタイによる福音書』第一章 18-23 節より。

25 葉蕙『檢視《1Q84》！是曠世之作還是劣作？』文匯報　2010 年 4 月
　26 日。

があったからである。そして、エロスに導かれて互いに求め合う二人は，プラトン的「二つに引き裂かれたの譬え」に当てはまる[26]。つまり、人間が男女という二つの半身に引き裂かれたため，合体して完全体に復帰しようとするエロスのことが示唆される。青豆の内面には、ユングの言うアニマの元型が注入されている。天吾はたった一度だけ小学5年生のときに誰もいない教室で突然手を握られた青豆のことを忘れないでいる。結果として、孤独な人生を歩んできた天吾と青豆は〈ふかえり〉の働きで結ばれて、愛によって救われたのである。

4．ふかえりと「リーダー」の超越的な関係

『1Q84』をめぐって、多くの議論を巻き起こしたのはカルト教団「さきがけ」のリーダー・深田保（明らかにオウム真理教の麻原彰晃をモデルにしている）と〈ふかえり〉との関係であろう。いうまでもなく、「さきがけ」のリーダーは〈ふかえり〉の父親である。彼は自分の娘を「宗教的儀式」という名目でレイプしたが、「多義的交わり」と弁解した（Book 2、277頁）。一般的に、これは近親相姦になるが、死ぬ直前のリーダーの説明によると、それによって「むこう

---

26 塩田勉（2009）「村上春樹『1Q84』1を読み解く—連想複合の文体論的解明—」（『早稲田大学国際教養学部紀要』第6号）注4を参照。

側の声」を聴き、向こう側とつながるための神聖なカップル
を形成したということでもある[27]。これをユングの図式に当
てはめてみると、この二人は超越的な密儀の関係になる。要
するに、『1Q84』に登場する人物は、一般の道徳や善悪、
倫理を超えたものだと理解すれば納得できる。

４．１　神聖なカップルから派生する超越性

　リトル・ピープルは巫女である〈ふかえり〉を通じて自
らの意思を実現しようとする。彼女は巫女として働き、そ
の言葉をリーダーの深田が実現するという構図である。彼
は娘のおかげで霊的な力を持つようになり、それによって
カルト集団のパワフルなリーダーになった。したがって、
青豆とリーダー、天吾と〈ふかえり〉の関係は、その神聖
なカップルから派生した超越性のある概念だと言える。

　『1Q84』の中で、「リトル・ピープル」は邪悪で抽象的
なもので、「システム」[28] と解釈する説が多いが、「精霊の
ようなもの」[29] と解釈することもできる両義的存在とも考え

27　河合俊雄（2011）『村上春樹の「物語」夢テキストとして読み解く』
　　新潮社、154 頁。

28　「私たちは皆、程度の差こそあれ、高く、堅固な壁に直面しています。
　　その壁の名前は『システム』です。『システム』は私たちを守る存在
　　と思われていますが、時に自己増殖し、私たちを殺し、さらに私たち
　　に他者を冷酷かつ効果的、組織的に殺させ始めるのです」（2009 年 2
　　月 15 日、村上春樹による「エルサレム賞」受賞スピーチ『壁と卵』
　　より）。

29　宇野常寛（2011）『リトル・ピープルの時代』が論じるように、

られる。リーダーの深田はリトル・ピープルの代弁者とし
て命を捨てるが、〈ふかえり〉が物語った『空気さなぎ』
を公表し、リトル・ピープルの存在を暴露して影響力を削
ごうとするのが天吾である[30]。

　青豆はリーダーを殺すという「ミッション」を受けて、
やっとリーダーと正面対峙することになる（Book 2 の第 9、
11、13、15 章）。リーダーと二人だけの緊迫したやりとり
の中で、青豆は彼が普通ではない能力をもつ人間であるこ
とを知り、一時的にリーダーの殺害を躊躇した。しかし、
リーダーを殺さなければ、小説『空気さなぎ』で秘密を暴
露した天吾の命が危ないことを知らされ、青豆は天吾の命
と引き換えにリーダーを殺すことになった。

　リーダーは死ぬ寸前、青豆にこう語る。

　　　「君の愛する人物とわたしの娘が力を合わせてその
　　　ような作業を成し遂げた。つまり君と天吾くんとは、
　　　この世界において文字通り踵を接していることにな
　　　る」（Book 2、279 頁）

　「『1Q84』の中で登場するリトル・ピープルは、ビッグブラザーのよ
うな絶対的な権力ではなく、いわゆる小さな悪、小さな権力の象徴と
して描かれている」。安藤礼二や河合俊雄はリトル・ピープルを「精
霊のようなもの」と解釈する。

30 塩田勉（2009）「村上春樹『1Q84』1 を読み解く─連想複合の文体論
　的解明─」『早稲田大学国際教養学部紀要』第 6 号 241-264 頁。

　青豆は、自分と天吾が何らかの形ある意思に導かれ、この「1Q84」の世界にやってきたことをリーダーから聞かされ、次のように問いかける。

　　「それはどんな意思で、どんな目的なの？」
　　「それを説明することはわたしの任ではない」と男（リーダー）は言った。「申し訳ないが」
　　「どうして説明できないの？」
　　「意味が説明できないということではない。しかし言葉で説明されたとたんに失われてしまう意味がある」
　　「じゃあ、違う質問をします」と青豆は言った。「それはどうして私でなくてはならなかったのかしら？」
　　（中略）
　　「きわめて簡単なことだ。それは君と天吾くんが、互いを強く引き寄せ合っていたからだ」（Book 2、279－280頁）

　青豆はこのあとで、『空気さなぎ』を通して、はじめて自分が天吾の物語の中にいることを知る。彼女は、『空気さなぎ』に描写されている物事の大半は、〈ふかえり〉が自主的にくぐり抜けてきた紛れもない現実だと考えるに至った。

4．2　「多義的に交わる」について

　青豆はリーダーと「レイプ」のことについて蜿蜒と議論した。

> 「そしてあなたは自分の娘をレイプした」
> 「交わった」と彼は言った。「わたしが交わったのはあくまで観念としての娘だ。交わるというのは多義的な言葉なのだ。要点はわたしたちがひとつになることだった。パシヴァとレシヴァとして」（Book 2、277 頁）

　青豆は「多義的に交わる」という言葉をこう理解する。「複数のドウタたちがリトル・ピープルのためのパシヴァ＝知覚するものとなり、巫女の役割を果たすことになった」。「リーダーが性的な関係を結んだのは少女たちの実体（マザ）ではなく、彼女たちの分身（ドウタ）であると考えれば，「多義的に交わった」というリーダーの表現も腑に落ちる」（Book 2、419 頁）。

　このようにして、複数のドウタたちがリトル・ピープルのためのパシヴァとなり、巫女の役割を果たすことになった。しかし、ドウタたちは実体ではなく生理がないため、リーダーの子供（後継者）を受胎することができない。〈ふかえり〉ももちろんその一人である。それゆえに、青豆が「代理母」として天吾の子供を産むことにならなければならない。

　リーダーによれば、「天吾くんはリトル・ピープルと、彼らの行っている作業についての物語を書いた。絵里子が物語を提供し、天吾くんがそれを有効な文章に転換した。それが二人の共同作業だった。その物語はリトル・ピープルの及ばすモーメントに対抗する抗体としての役目を果たした」（Book 2、284頁）。

　この「多義的に交わる」という言葉は一つのモチーフとして反復して登場してくる。終わりにあたって、青豆、〈ふかえり〉、天吾とリーダーの深田の四人は，相手を交互に変え「多義的に交わる」ことによって、「結婚の四位一体性」が成り立っているのである。これにより、青豆と天吾は、「1Q84年」という物語の世界で、初めて自分自身の深層にわだかまるトラウマの原点に向き合い[31]、「小さなもの」と共に生きるため、1984年に帰還するのである。

5．おわりに

　そもそも『1Q84』は宗教の色が濃い小説である。村上研究者である于桂玲（中国黒竜江大学副教授）は天吾と青豆の愛の物語を「宗教的な愛」と例えている[32]。実際上、〈ふ

31　浅利文子（2011）「1Q84――青豆の身体」、法政大学レポジトリ
　　110頁。
32　于桂玲（2013）「『1Q84』中的宗教式愛情―兼論村上春樹的情愛叙事」
　　《名作欣賞》第23期　112-114頁。

かえり〉という媒介者＝巫女を通じて、二人は愛の救済によって救われた。

　ユング理論では、現実の男女の関係を通して、超越的な無意識の関係を構成することが目指されていた。『1Q84』では、四位一体性という概念から見ると、リーダーは死亡し、〈ふかえり〉は「行方不明」という結末となった。言い換えれば、聖なる関係の方が棄却され、人間的な男女関係の恋愛が成就される。これにより、本書では超越と現実の両方が、ともに肯定されることになる。

　精神科医で評論家の斎藤環が精神学的視点で分析したように、〈ふかえり〉は「現実」と「超越」の両方の要素を兼ね備えている両義性的存在である。青豆は〈ふかえり〉の影として存在するし、「ドウタ」と同時に「マザ」でもある。『1Q84』においては、さまざまな身体描写が見られるが、中でも〈ふかえり〉は世俗のエロスを超越し、「1Q84」年におけるシステム（リトル・ピープル）に対抗する天吾と青豆を現実の1984年の世界に連れ戻した媒介者である。現実と超越という両義的な側面は、村上が一貫して扱ってきた暴力と性という主題にも表れている。結論として、〈ふかえり〉は「1Q84」という不思議な世界の扉を開く鍵だと言うことができよう。

テキスト

村上春樹（2009 a, b）『1Q84』Book 1, Book 2　新潮社
村上春樹（2010）『1Q84』Book 3　新潮社

参考文献

河合隼雄（1987）『影の現象学』講談社
C.G. ユング（1994）『転移の心理学』林道義・磯上恵子訳
　　みすず書房
河出書房新社編集部編（2009）『村上春樹『1Q84』をどう
　　読むか』河出書房新社
河合俊雄（2011）『村上春樹の「物語」─夢テキストとし
　　て読み解く』新潮社

メディウムとしての「沙羅」
—『色彩を持たない多崎つくると、彼の巡礼の年』における光明または暗闇—

齋藤　正志

1. 薄暮の中の沙羅

　『色彩を持たない多崎つくると、彼の巡礼の年』で、主人公の多崎作は、結婚を意識し始めた恋人である（と彼が認識している）木元沙羅の勧奨に従い、自らの過去を清算する旅に出た。故郷の名古屋で二人の旧友男性と会い、新聞記事で別の旧友女性の浜松での殺人事件を確認し、そして最後の旧友女性に会うためにフィンランドに出発する。彼はフィンランドで自分が親密なグループから追放された出来事の真相を知り、帰国する。帰国した彼は出国直前に目撃した次の場面によって提出された問題に直面することになる。

　　ちょうどそのとき、沙羅の姿がつくるの視野に入った。彼女はこの前に会ったときと同じミントグリーンの半袖のワンピースを着て、薄茶色のパンプスを履き、

　青山通りから神宮前に向けて緩やかな坂を下っていた。
（中略）彼女の隣には中年の男がいた。がっしりした
体格の中背の男で、濃い色合いのジャケットを着て、
ブルーのシャツに、小さなドットの入った紺のネクタ
イを締めていた。きれいに整えられた髪には、いくら
か白いものが混じっている。たぶん五十代前半だろう。
顎が少し尖っているが、感じの良い顔立ちだった。表
情には、その年代のある種の男たちが身につけている、
無駄のない物静かな余裕がうかがえた。二人は仲よさそ
うに手を繋いで通りを歩いていた。つくるは口を軽く
開いたまま、二人の姿をガラス越しに目で追った。ま
るで形作りかけていた言葉を途中で失ってしまった人
のように。彼らはつくるのすぐ前をゆっくり歩いて通
り過ぎたが、沙羅は彼の方にはまったく目を向けなかっ
た。彼女はその男と話をするのに夢中で、まわりの
ものごとはまるで目に入らないようだった。男が短く
何かを言い、沙羅は口を開けて笑った。歯並びがはっ
きり見えるくらい。／そして二人は薄暮の人混みの中
に呑み込まれていった［村上 2013:240-241／13[1]］。

　この場面はフィンランドに住む黒埜恵理への手土産を買

1　原文引用は村上（2013）に依拠し、「240-241」は頁数、「／13」は
　章を意味する。本稿では以下このように表記する。なお、今後の原文
　引用での文中のスラッシュ（「／」）は改行を意味する。

うため、「ヘルシンキ行きの飛行機に乗る数日前」の夕方
に青山へ行った際、表参道のカフェで「夕暮れの光に染まっ
た通りの風景」として出現した［村上 2013:239 ／ 13］。

　文中の「この前」とは、作が名古屋での二人の旧友男性
の各々との対面に関する詳報のために沙羅と広尾で会った
時のことである。その夜、彼の部屋でベッドに入った際、
彼女が着ていたのが「ミントグリーンのワンピース［村上
2013:225］」だった。その日から何日が経過したのか、と
いうことは明記されていないが、第 10 章で、「五月の終わ
り頃」に「週末に繋げて」取った休暇を利用し、3 日間、
彼は帰省し、土曜日に実家で亡父の法事を終え、日曜日に
旧友男性の青海悦夫に会い、第 11 章で、月曜日に旧友男性
の赤松慶と会って、第 12 章で、赤松との会見当日の夜 7 時
に帰宅している。

　そこで、本稿では 2013 年 5 月 5 日に実施された第 2 回村
上春樹国際学術シンポジウムでの基調講演での小森陽一氏
の見解に従って、作中時間を 2010 年だ[2]と仮定すること
にしたい。すると、休暇を取ったのは月曜日と思われるので、
まさに「五月の終わり頃」の 5 月 29 日（土）から 5 月 31
日（月）まで名古屋に滞在していたことになる。彼が 30 歳
の時に亡くなった、当時 64 歳[3]の父の多崎利夫の死が何月

何日であるか、ということは明記されていないが、それが
5月29日前後であってはならない、ということも言えない。
したがって、この仮定に依拠すれば、彼が名古屋から帰っ
た翌日（2010年6月1日）の昼に沙羅から電話が来て、明
後日の夜を約束した。それが前述の広尾デートである。だ
から、「この前」は6月3日（木）だったということにな
る。「週末」は土曜日だろうから6月5日で、彼はプール
で学生時代の友人だった灰田文紹に似た男を見つけ、週明
けの月曜日（6月7日）に有給休暇を申請し、2週間後のフィ
ンランド旅行4泊5日（ヘルシンキ到着翌日に黒埜と会
見し［村上2013:261-330 ／ 15・16・17］、その後2日間
余って［村上2013:331 ／ 18］、「東京に戻ったのが土曜日
の朝［村上2013:332 ／ 18］」）を終えているので、ヘルシ
ンキ・東京間のフライト所要時間を10時間程度と仮定すれ
ば、6月21日（月）出発、22・23・24日までの4泊の翌日
25日（金）帰国便の機内泊で、26日（土）到着と推定する
ことができる。そして、「日曜日の昼前」に起きて、沙羅
の自宅に電話したが、「留守番モード」で、夜9時前に沙
羅から電話があった［村上2013:332-333 ／ 18］）のだから、
二人の電話での会話は6月27日（日）ということになる。
彼は、この電話で彼女に「君には僕のほかに誰か、つきあっ
ている男の人がいるような気がする」と言うことになる
のだが［村上2013:337 ／ 18］、前述の「数日前」というこ
とはヘルシンキ出発直前の6月18日（金）と推測できる。

　だとすれば、2010 年 6 月 18 日の金曜日の夕刻、彼女と
手を繋いで歩いていた「がっしりした体格の中背の男で、
濃い色合いのジャケットを着て、ブルーのシャツに、小さ
なドットの入った紺のネクタイを締めていた。きれいに整
えられた髪には、いくらか白いものが混じっている。たぶ
ん五十代前半だろう。顎が少し尖っているが、感じの良い
顔立ちだった。表情には、その年代のある種の男たちが身
につけている、無駄のない物静かな余裕がうかがえた」と
いう「中年の男」は誰か？

２．光明としての沙羅

　さて、第 2 回村上春樹国際学術シンポジウムにおいて筆
者は 2000 年に刊行された短篇集『神の子どもたちはみな踊
る』巻末作品の「蜂蜜パイ」の淳平が 2005 年に刊行された
短篇集『東京奇譚集』の中の「日々移動する腎臓のかたち
をした石」の淳平と同一人物であると述べた。ただし、そ
の口頭発表の席では、本稿の考察対象である『色彩を持た
ない多崎つくると、彼の巡礼の年』の「木元沙羅」という
名が「蜂蜜パイ」の作中人物である「高槻沙羅」と関係す
るのかどうか、という点についての明言を避けた。
　そこで、「蜂蜜パイ」が 1995 年 1 月の阪神・淡路大震災
を題材として、「夜が明けて小夜子が目を覚ましたら、す
ぐに結婚を申し込もう」と淳平が決め、「夜が明けてあた

りが明るくなり、その光の中で愛する人々をしっかりと抱
きしめることを、誰かが夢見て待ちわびているような」小
説を書くと決心する結末であったことを想起されたい。

　同じ 1995 年の出来事が『色彩を持たない多崎つくると、
彼の巡礼の年』巻末での「駅」にまつわる回想として、同
年 3 月の地下鉄サリン事件を暗示することで提示されてい
ると解釈するならば、「いずれにせよすべては明日のこと
だ。もし沙羅がおれを選び、受け入れてくれるなら、すぐ
にでも結婚を申し込もう」と決意し、「僕らはあのころ何
かを強く信じていたし、何かを強く信じることのできる自
分を持っていた。そんな思いがそのままどこかに虚しく消
えてしまうことはない」と考えながら、作が眠りにつく結
末であることを考慮した上で、淳平と小夜子が結婚して育
てられた沙羅が成長して、作と出会ったのであると考えて
みることも可能なのではないだろうか。

　すなわち沙羅は二つの作品を繋ぐメディウムそのものな
のである。

　もちろん、両者を「時間的には合わないので、象徴的な
意味」において、「高槻沙羅」が「成長した後身」が「木
元沙羅」だという見方[4]もあるが、しかし、1995 年に起きた
阪神・淡路大震災の頃に 4 歳であった高槻沙羅が 38 歳になっ
た時点が『色彩を持たない多崎つくると、彼の巡礼の年』

4　加藤（2013:29）。

と看做した場合、作中時間は 2029 年ということになる。
2029 年だとすれば、5 月から 6 月にかけての前述の推定日
時は少し変わることになるが、その場合は一週ほど前倒し
すれば特に支障はないだろう。

　したがって、1991 年に生まれた高槻沙羅は、両親の離婚
後はともかく、淳平と小夜子が再婚した段階で淳平の姓を
名乗ったはずで、それが木元沙羅である、と考えることは
可能である。何故なら、「蜂蜜パイ」にせよ、「日々移動
する腎臓のかたちをした石」にせよ、淳平の姓は叙述され
ていないからである。

　そこで本稿では、作が薄暮の中で目撃した沙羅と手を繋ぐ
男性が淳平だと考えてみることにしたい。だとすると、1995
年に 36 歳だった淳平は、2029 年に 70 歳ということになる。
2014 年現在の日本では全人口の 25％が 65 歳以上の高齢者な
のだが、70 歳でも矍鑠としている男性は少なくないし、頭
髪の色を染めるのは別に珍しいことではなく、染めた髪が少
し白い箇所を持っていれば、2029 年 6 月の夕刻に歩く男が
作の眼には「中年」に見える可能性は否定できないだろう。
そもそも作中で記述される「五十代前半」が「中年」だとい
う表現自体が筆者の個人的見解では疑わしい。したがって、
彼の目撃による推測的判断は誤りであり、彼女と男とは、娘
と養父という関係だと考えることができる。

　しかも、さらに憶測すれば、沙羅は「男と手を繋いでい
た」のではなく、「男の手を牽いていた」のではないだろ

111

うか。もし彼女が男性の手を牽いていたのだとすれば、本稿冒頭の引用原文において、彼女は「緩やかな坂を下っていた」のであり、「ゆっくり歩いて」いたのだから、おそらく70歳という高齢の養父を気遣って歩いていたことになるだろう。

　このように考えるならば、『色彩を持たない多崎つくると、彼の巡礼の年』は、先行作品である「蜂蜜パイ」の引用創造作品なのであって、結末で語られない作品外の未来においては、作が眠りから目覚め、沙羅に話を聴くと、彼女は養父との関係を彼に語って彼の誤解を解き、彼を必然的に結婚相手として選び、結果的に彼は「光の中で愛する人をしっかりと抱きしめる」ことができて、彼女が彼にとっての〈光明〉だったことが認められる可能性を提示できるのである。

３．暗闇としての沙羅

　ところで、以上のような作品外未来の解釈可能性を提示したものの、さらに本稿では別の観点からも考えてみたい。第2節で述べたように、『色彩を持たない多崎つくると、彼の巡礼の年』の作中時間が2029年ではなく、小森講演のように2010年だとすれば、名古屋から帰った推定5月30日（月）の夜に沙羅の携帯の留守番電話に連絡を入れ、返事を待ったが、結局、電話は鳴らなかったことになり、翌

日の火曜の昼休みに彼女から電話が来て、名古屋での詳報
のため彼女に予定を尋ねたことになる。

　　二人は待ち合わせの場所を決め、会話を終えた。携
　帯電話のスイッチを切ったあと、胸に微かな異物感が
　残っていることに気がついた。（中略）沙羅と話をす
　る前にはなかった感触だ。間違いなく。でもそれが何
　を意味しているのか、あるいはそもそも何かを意味し
　ているものなのか、うまく見定められなかった。／沙
　羅と交わした会話を頭の中に、できるだけ正確に再現
　してみた。話の内容、彼女の声の印象、間合いの取り
　方……そこに何かいつもと違う点があるとは思えなか
　った［村上 2013:209／12］。

　引用原文における「微かな異物感」が意味するところは、
多崎が名古屋から帰って直ちに木元に連絡したのにもかか
わらず、翌日の昼まで連絡がなかったことに起因する違和
感に過ぎないのかもしれないが、彼が「異物感」を分析し
ても、それを解明することはできなかった。そして推定 6
月 3 日（木）の夜、二人は広尾の「住宅街の奥まったとこ
ろにある小さなビストロ」で食事をしながら、名古屋での
経緯と会話内容を話し合った。
　この時、「沙羅は東京のあちこちに、数多くの奥まった
小さな飲食店を知っていた［村上 2013:216／12」」と叙述

されている。このような沙羅の知識については、既に「恵
比寿の外れにある小さなバー」・「彼女が知っている小さ
な日本料理の店［村上 2013:17 ／ 1」」とあり、前者は明確
ではないが、おそらく「彼女が知っている」店の一つと思
われ、この 4 度目のデートから 5 日後に彼が食事に誘うと
3 日後の土曜の夕刻を約束し、「南青山のビルの地下にあ
るフランス料理店（「それも沙羅の知っている店」で「気
取った店ではな」く、「ワインも料理もそれほど高くな」
くて、「カジュアルなビストロに近い」店［村上 2013:100 ／
6）で食事をしている。さらに 5 日後の木曜日に沙羅が
連絡してきて、「七時から会食の予定」なので食事はでき
ないが、その前に「銀座」で話をしたい、と連絡が来たの
で、5 時半に銀座四丁目交差点近くの喫茶店で会うことに
なった。このように、恵比寿のバー、小さな日本料理店、
広尾のビストロ、銀座の喫茶店と僅か 4 店しか叙述されな
いが、主人公がデートに誘っても会食の場を指定する場面
はなく、いずれも沙羅が指定した店であり、このように彼
女は確かに「東京のあちこちに、数多くの奥まった小さな
飲食店を知っていた」のである。このことは彼女が「大手
の旅行会社」で「海外パッケージ旅行のプランニング」を
専門とすることと無縁ではあるまいが、デートの際に彼女
が店を選定する、という点に疑問を感じないわけではない。
とはいえ、この場合、彼女の知識の背景に前述の「中年の
男」の存在を想起することは容易である。この男が誰であ

るか、ということを判断することは 2010 年の話としては全く不明だが、そうした店を彼女に教えた、とすると、やはり主人公の推測通り「恋人［村上 2013:333 ／ 18］」なのであろう。それでは、この男の存在を窺わせる叙述が他にあったであろうか？

　そこで想起できるのが銀座四丁目での出来事である。

　「遠くまで呼び出してごめんなさい」と沙羅は言った。
　「たまには銀座に出て来るのもいい」とつくるは言った。「ついでにどこかで一緒にゆっくり食事ができたらよかったんだけどね」
　沙羅は唇をすぼめ、ため息をついた。「そうできるとよかったんだけど、今日はビジネス・ディナーがあるの。フランスから来た偉い人を懐石料理の店に招いて、接待しなくちゃならない。気が張るし、料理を味わう余裕だってないし、こういうのは苦手なんだけど」
　彼女はたしかに普段以上に気を配った服装をしていた。仕立ての良いコーヒーブラウンのスーツを着て、襟元につけたブローチの中心には小粒のダイアモンドが眩しく光っていた。スカートは短く、その下にスーツと同色の、細かい模様の入ったストッキングが見えた［村上 2013:136 ／ 9］。

この時の沙羅は「ビジネス・ディナー」のための服装、

ということになっている。その客は「フランスから来た偉い人」だが、食事は「懐石料理」である。この場合、フランス人だから椅子席という可能性もあるだろう。しかし、「懐石料理」なのだから、座敷と考えるべきではないだろうか。座敷だとしたら、通常、正座をするのが常識である。正座という座り方ならば、「スカートは短く」あるべきではない。すなわち彼女の服装は、彼女の話通りならば、決して相応しいとは言えないのである。なぜ彼女はVIPとの会食に短いスカートで臨むのであろうか？

　そこで、この時の食事の相手が問題の「中年の男」だと考えれば、服装への疑義は解決できる。相手が「表情」の中に「その年代のある種の男たちが身につけている、無駄のない物静かな余裕がうかがえ」るような男であり、その店が懐石料理であろうが、そうでなかろうが、銀座での会食なのだから、「普段以上に気を配った服装」であるのは言うまでもない。しかも「恋人」であればこそ「スカートは短く」てよい、ということになるだろう。

　つまり、沙羅は別の男性と食事をする予定だったのであり、この時の会見で彼女は彼に「巡礼」を提案したのだから、この日は二重の意味で重要な日になったわけである。すなわち、彼女は50代前半の「中年の男」と交際しながら、同時に2歳年下の「多崎作」とも交際していたことになり、この別のタイプの人を好きになってしまったような同時進行の恋愛関係が成立していたとすれば、沙羅は作にとって

の言わば暗闇のような存在として機能していることになる
だろうと考えられる。

４．両義性を持つ沙羅

　このような話は珍しいことではない。もちろん彼女は「と
りあえず片付けなくてはならないことも、いくつかある［村
上 2013:227 ／ 12」」と語っており、「私もあなたに対して
正直になりたいと思う［村上 2013:339 ／ 18」」とも語って
いるから、彼が期待しているように「もし沙羅がおれを選
び、受け入れてくれる」可能性があることは確かである。
それなら巻末で眠りについた彼が暗闇に取り残されること
はあるまいが、しかし、ここで巻頭の叙述を想起する必要
がある。

　　つくるが実際に自殺を試みなかったのはあるいは、
　死への想いがあまりにも純粋で強烈すぎて、それに見
　合う死の手段が、具体的な像を心中に結べなかったか
　らかもしれない。（中略）あのとき死んでおけばよかっ
　たのかもしれない、と多崎つくるはよく考える。そ
　うすれば今ここにある世界は存在しなかったのだ。そ
　れは魅惑的なことに思える。ここにある世界が存在せ
　ず、ここでリアリティーと見なされているものがリア
　ルではなくなってしまうこと。この世界にとって自分

　がもはや存在しないのと同じ理由によって、自分にとっ
　てこの世界もまた存在しないこと［村上 2013:3-4／
　1］。

　この叙述の際の「今」が二十歳の時の追放事件解決前だっ
た、と考え、それが一応の解決を見た結末以後であると
看做すのが素直な読み方かもしれないが、この「今」を不
明確だとする指摘がある。

　　語る起点としての「今」はその後何度か繰り返され
　ている。しかし、物語はその「今」に到達しないのだ。
　「今」が宙吊りになっている。だから、多崎つくるが
　「今」どうしているかもわからないし、シロが多崎つ
　くるにレイプされたと色を名前に含む四人の友人に
　「告白」し、それが原因で多崎つくるがある夏突然の
　け者にされ、その後、シロが絞殺された事件の真偽も
　わからないままなのである[5]。

　この見解を利用して、さらに解釈を拡張すると、叙述の
起点となる「今」は沙羅を失った「今」ということになる
のではないだろうか。つまり、彼女が彼を選ばず、「中年
の男」のほうを選んでしまったならば、彼は絶望の中にい

5　石原（2013:15）。

て、おそらく事実上、死んでいることとなる（「いずれに
せよもし明日、沙羅がおれを選ばなかったなら、おれは本
当に死んでしまうだろう、と彼は思う。現実的に死ぬか、
あるいは比喩的に死ぬか、どちらにしてもたいした変わり
はない［村上 2013:368／19］」）。だから、作品冒頭で、
二十歳の時の追放事件に際して自殺してしまっておけば、
沙羅を失った絶望の中の「今ここにある世界」の中で生き
る必要はなかったのだ、と後悔しているのだ。

　ゆえに沙羅は、「蜂蜜パイ」と『色彩を持たない多崎つ
くると、彼の巡礼の年』とを繋ぐ〈光明〉のメディウムで
はなく、『色彩を持たない多崎つくると、彼の巡礼の年』
の作中世界における現在と過去を繋ぐ〈暗闇〉のメディウ
ムとして機能しているという解釈可能性を提示することが
できるのである。

　このように、本稿では、光明としての沙羅は作を選び、
彼の輝かしい未来を保証する存在となったという解釈可能
性と、もう一つの暗闇としての沙羅が「中年の男」を選ん
で作を捨てた、と解釈する作品外未来の世界を想定したの
である。

　私見では、木元沙羅は、ジャック・デリダの論文「プラ
トンのパルマケイアー」に拠れば「あるときは薬＝良薬を
意味し、あるときは毒＝毒薬を意味する、という両義性」
だけではなく、「苦痛に満ちた快楽」を与え、「健康な生
命に対しても病気の生命に対しても」敵する「決定不可能

性」を持つパルマコン[6]的存在として『色彩を持たない多崎つくると、彼の巡礼の年』という作品の中で明暗両義的に魅了される存在なのである。

　ところで、2014 年に発行された村上春樹の短篇集に『女のいない男たち』がある。この「女のいない男」とは、最愛の女性を永遠に喪った男性を意味しているので、私見では、村上文学の多くが「女のいない男」を登場させていると考えているが、その意味で言えば、本稿で述べた〈暗闇〉としての沙羅によって、多崎作もまた「女のいない男」になったということになる。

　したがって、『色彩を持たない多崎つくると、彼の巡礼の年』は、短篇集『女のいない男たち』の先駆となった、ということもできようし、あるいはまた、次のように言うこともできる。

　村上春樹文学は「女のいない男」の物語構造（もしくは話型）を最新短篇集によって確立したのである、と。

テキスト

村上春樹（2013）『色彩を持たない多崎つくると、彼の巡礼の年』文藝春秋

6　高橋（1998:56-70）。

参考文献

高橋哲哉（1998）『デリダ―脱構築』講談社

石原千秋（2013）「『今』を探す旅へ」『村上春樹『色彩
を持たない多崎つくると、彼の巡礼の年』をどう読む
か』河出書房新社編集部編　東京　河出書房新社

加藤典洋（2013）「一つの新しい徴候―村上春樹『色彩を
持たない多崎つくると、彼の巡礼の年』について」河
出書房新社編集部編　東京　河出書房新社

小森陽一（2013）「村上春樹の最新長篇小説『色彩を持た
ない多崎つくると、彼の巡礼の年』論―『通過儀礼』
を視座として―」曽秋桂・馬耀輝編　台北　致良出版
社有限公司

（2014 年 8 月 22 日成稿、擱筆）

『色彩を持たない多崎つくると、彼の巡礼の年』におけるメディウム
―「色彩を持たない」多崎つくると木元沙羅をめぐって―

廖　育卿

１．はじめに

　村上春樹の『色彩を持たない多崎つくると、彼の巡礼の年』[1]（以下、『色彩』作）は、2013 年 4 月に出版されて以来、売り上げは 98.5 万部にも達している[2]。書名のとおり、『色彩』作は名字に色彩の要素が入っていない多崎つくるを中心に語られる物語である。「色彩を持つ」四人――アオ（青海悦夫）、アカ（赤松慶）、シロ（白根柚木）とク

1　初出は 2013 年 4 月。文芸春秋によって出版された。

2　「オリコンは 12 月 2 日、ウェブ通販を含む全国書店 1,941 店舗からの売上データをもとに集計した「オリコン 2013 年年間"本"ランキング」（集計期間：2012 年 11 月 19 日〜 2013 年 11 月 17 日）を発表した。総合部門にあたる BOOK 部門は、98.5 万部を売り上げた、村上春樹「色彩を持たない多崎つくると、彼の巡礼の年」（今年 4 月発売・文藝春秋）が年間 1 位を獲得している。」http://www.narinari.com/Nd/20131223941.html（2014 年 4 月 18 日閲覧）

123

ロ（黒埜恵理）――は、「色彩を持たない」多崎つくる（以下、多崎）との間に、「正五角形が長さの等しい五辺によって成立しているのと同じように」（P.14）「乱れなく調和する共同体みたいなもの」（P.20）ができていた。多崎が大学二年生になった夏休みに、突然に他の四人から絶交を言い渡されたことによって、この「調和のとれた完璧な共同体」（P.221）は、崩れてしまった。それ以来、多崎は毎日死ぬことばかり考える辛い生活をしてきた。現在36歳の多崎は、旅行会社に勤める2歳年上の木元沙羅（以下、沙羅）とは、恋人のような間柄である。彼女の勧めにより、多崎は16年間にわたった謎を解くための旅を始めた。

　依然として、『色彩』作もいつもの村上作品の特徴を持っている。それは、作品の最後まで解かれていない（もしくは解くことができない）謎・疑問を読者に持たせることである。『色彩』作も例外なく、以下のような三つの謎が用意されていると考えられる。まず、『色彩』作におけるアオ、アカ、シロとクロ、それぞれに象徴的色彩を所有しているという「色彩を持つ」登場人物に対して、「色彩を持たない」人物として多崎つくるはもちろん、木元沙羅というヒロインも挙げられる。もし多崎つくると名字に色彩の要素がない木元沙羅に、それぞれ象徴づける色があるなら、それは何になるのだろうか。次に、「調和のとれた完璧な共同体」が崩れた原因はシロにあるが、なぜシロが多崎つくるを誣陥する対象にしなければならなかったか、ま

たは、「調和のとれた完璧な共同体」自体は、崩壊に至る
しかなかったのだろうか、まだ解明されていない。最後に、
「完璧な共同体」が解体した後、アオとアカ、クロのその
後の経歴はそれぞれ作品中に綴られている。それに対し、
「完璧な共同体」の解体後のシロの経歴や彼女の死因など
が判明しないまま、物語は終わった。

　多崎つくるの「巡礼」は、彼女である木元沙羅との付き合
いが破綻し、回想を踏まえながら始まったのである。「色彩
を持たない」木元沙羅は「調和のとれた完璧な共同体」に所
属していないが、「共同体」から絶交を宣言された多崎にとっ
ては、木元沙羅は五人グループから外された過去に対面さ
せ、未来に再び希望を持たせる重要な存在である。そして、
たった3回のデートと1回のセックスだけの関係を持ってい
る二人が、交際を続ける中で、彼女は「何かしらの問題を心
に抱えている」（P.106）つくるに、二人の間に介入した「よ
く正体のわからない何か」（P.106）（傍点原文、以下同）
を解明・解決しないと、二人の付き合いを深めることができ
ないと宣言した。ここで問わざるを得ないのは、この二人の
関係を邪魔立てした「正体のわからない何か」は、いったい
どのようなものだろうか。また、その「何か」の正体の解明
は、多崎にどのように影響したのだろうか。大学以来の多崎
の生活は高校時代の「完璧な共同体」に大きく左右されてい
るので、その「何か」の形成はかつての「調和のとれた完璧
な共同体」から探究できるように思われる。

　そこで、本稿は「何か」の正体についての考察を踏まえながら、「乱れなく調和する共同体」が多崎つくるに与えた影響を解明し、多崎の生活に現れた木元沙羅が果たした役割と、「巡礼」の持つ意味を究明することによって、メディアの作品の中に残される謎を解くことを目的とする。考察の手順としては、まず多崎の女性遍歴から「何か」の正体を明らかにする。次に、「何か」の正体と、「乱れなく調和する共同体」との関連性を遡りながら、多崎と沙羅の交際という視点から「青春小説」[3]と見なされる『色彩を持たない多崎つくると、彼の巡礼の年』における「巡礼」の意味を検討していく。最後に、多崎つくると木元沙羅が持つ象徴的な色彩の考察を試みる。

２．多崎つくるの中にあった「何か」から見た女性遍歴

　木元沙羅との間に存在していた「何か」は、これまで多崎つくるの交際相手との間にも存在していたのか。その「何か」の正体を探究するために、まず、次の【図１】から多崎の女性遍歴を確認していこう。

　38歳の木元沙羅に出会う前に、多崎は数名の女性と付き合ったことがあった。最初の相手は大学三年生（21歳）の

3　重里徹也×三輪太郎（2013）『村上春樹で世界を読む』P.238

『色彩を持たない多崎つくると、彼の巡礼の年』におけるメディウム
―「色彩を持たない」多崎つくると木元沙羅をめぐって―

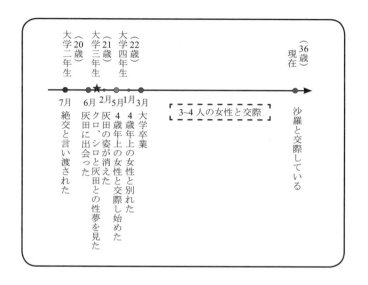

【図1】 多崎の女性遍歴一覧

多崎が実習の職場で出会った4歳年上の女性であるが、実は彼女は多崎と付き合っていると同時に、故郷に幼なじみの恋人もいた。大学卒業直前、故郷の恋人と結婚することによって、彼女から二人の関係を絶たれた。そして、8ヵ月程続けられた関係の中で、多崎が彼女に感じたのは、「穏やかな好意と健康的な肉欲」（P.134）のみである。

　そして、沙羅に出会う10年ほどの間に、三、四人の女性と付き合っていた。どの場合も、「それほど真剣」には心を惹かれなかった女の人たちと、わりに長く真剣につきあっていた」（P.108）という。すなわち、沙羅以前に付き合った女性の誰に対しても、多崎は「精神的抑制」の働きに

127

よって、「意識的にせよ無意識的にせよ、相手とのあいだに適当な距離を置くようにしていた」（P.109）のである。その原因は、「誰かを真剣に愛するようになり、必要とするようになり、そのあげくある日突然、何の前置きもなくその相手がどこかに姿を消して、一人で後に取り残されること」（P.109）に怯える多崎自身にあるのである。言い換えれば、その不安感は「いつか捨てられるかどうかわからない」という「乱れなく調和する共同体」によるトラウマとも言えよう。そして、「もともとが社交的なタイプ」（P.21）でない多崎は、一度傷付けられた心をさらなる脅威から遮断するために、他の人間に不信感を抱くようになったのである。

　むろん多崎自身はこの不安感と人間不信が内在化されたことに気付いていなかったが、多崎に出会った時点で既に彼の心に深く潜んでいるそれらに気付いた沙羅は、「何か」と称して指摘したのである。この「いつか捨てられるかどうか分からない」ことから生まれた不安感は、16年前に四人に絶交を言い渡された時のことに類似しているのではないか。

　ここにもう一つ注意すべきなのは、灰田に出会ったことである。「乱れなく調和する共同体」から外された20歳の多崎は、大学のプールで灰田と知り合った。「乱れなく調和する共同体」の友人たちと同じように、灰田も名前に色彩を持っている。実は名字に色彩を持つことが、多崎に治りかけの心の傷を正視させたのである。そのため、多崎は

灰田に親近感を持っている一方、必ずや共同体の崩壊によ
る不安感も抱いていたのだろう。灰田と自然に顔見知りに
なり、多崎は「その新しくできた心を許せる友人に、自分
についてのことのいろんな事実を正直に率直に語った」。
名前に色のついた灰田への懸念がある[4]にもかかわらず、多
崎は再び心を開こうとしていた。ただし、「乱れなく調和
する共同体」に関することを一切口にせず、すべて心の底
に封印していた。

　しかしその後、灰田は別れを告げることもなく姿を消し、
多崎の中の「いつか捨てられるかどうかわからない」とい
う不安感を再び喚起した。こうして、このような「色のつ
いた」人間は、多崎にトラウマ（精神的外傷）を残してい
るのに違いない。

　急にグループに疎外された疑惑、また疎外された原因の
探究不能による苦悶を抱いていた多崎は、精神的に苦しん
でいた。そのような苦しみの中にいた自分を解放するため
に、多崎は以下のような解決法を見つけた。

　　そんなとき彼は自分でありながら、自分ではなかっ
　　た。多崎つくるでありながら、多崎つくるではなかっ

4　村上春樹（2013）『色彩を持たない多崎つくると、彼の巡礼の年』「彼
　の名前は灰田といった。灰田文紹。それを聞いたとき、「またここに
　も色のついた人間がいる」とつくるは思った。ミスター・グレイ。灰
　色はもちろんとても控えめな色ではあるけれど。」（P.55）

　た。我慢できないほどの痛みを感じると、彼は自分の
　肉体を離れた。そして少し離れた無痛の場所から、痛
　みに耐えている多崎つくるの姿を観察した。意識を強
　く集中すればそれは不可能なことではなかった。
　　その感覚は今でもふとした機会に彼の中に蘇る。自
　分を離れること。自らの痛みを他者のものとして眺め
　ること。（P.41）（傍線部論者、以下同）

　巨大な痛みと悲しみを乗り越えるために、多崎は自分の
精神や魂を身体から離れさせ、苦しんでいる自分の肉体を
見つめていた。これはおそらく、一時的な麻痺によって、
心の苦しみを離脱させる行為であって、多崎自身への自己
治療と言えよう。換言すれば、多崎自身が自分の肉体を〈他
者〉、精神的意識を〈われ〉、という形に分けており、「乱
れなく調和する共同体」の崩壊による苦痛に耐えながら、
自己治療をしていたのである。そして、いつ捨てられるか
どうかわからないという不安感は、このような自己治療の
形によって、多崎の中に定着してしまったのである。

３．「乱れなく調和する共同体」から生まれた「何か」

　言うまでもなく、多崎を苦しませたのは「乱れなく調和
する共同体」である。では、なぜこの「乱れなく調和する

共同体」の崩壊が彼を莫大な苦痛に陥らせたのであろうか。
これから、「何か」との関連性を探究していく。

3.1 共同体による多崎の疎外感

グループ・共同体の結成は必ずいくつか、何らかの共通
点を持っている。「乱れなく調和する共同体」も例外では
ない。五人全員は「大都市郊外「中の上」クラスの家庭の
子供たちだった」（P.8）。五人の両親はいわゆる団塊の世
代で、父親は専門職に就いているか、あるいは一流企業に
勤めていたことで、母親はおおむね家にいたという点が共
通している。受験校に通っていた五人は成績のレベルも総
じて高い。一見共通点が多く、親しいグループになってい
るようであるが、実は彼らの間にある相違点はずいぶん多
かった。

特に表に出されることはなかったが、ほぼ同じレベルの
生活条件の下で育てられてきた五人グループで、名前に色
彩を持たない多崎は心の中にある種の「疎外感」（＝「差
別感」？）を持っている。そして、「色とは無縁」（P.8）
というような表面的なものだけではなく、他のカラフルな
四人と性格上の差異があることは、彼自身もはっきりわかっ
ている。多崎は自分の性格について、次のように述懐し
ている。

　　目立った個性や特質を持ち合わせないにもかかわら

　ず、そして常に中庸を志向する傾向があるにもかかわ
　らず、周囲の人々とは少し違う、あまり普通とは言え
　ない部分が自分にある（らしい）。そのような矛盾を
　含んだ自己認識は、少年時代から三十六歳の現在に至
　るまで、人生のあちこちで彼に戸惑いと混乱をもたら
　すことになった。あるときには微妙に、あるときには
　それなりに深く強く。（P.14）

　実は、多崎自身も気づいていたように、自分には「あま
り普通とは言えない部分」がある。その「あまり普通とは
言えない部分」は、多崎の性格に独自性のあることである。
それこそが、「乱れなく調和する共同体」の友人達に感じ
た「疎外感」である。
　大学進学を決める時点になると、その「疎外感」はさら
に明らかに現れてきた。カラフルな四人が地元の名古屋に
留まったのに対し、多崎だけが自分の夢に向かって東京に
進学した。距離によって生まれた「疎外感」が深まらない
ように、多崎は、手紙を書いたり、休みの時に実家に帰っ
たりして、共同体のバランスを崩さないように努めていた。

３．２　「乱れなく調和する」ための必要条件と崩壊

　アオ、アカ、シロ、クロと多崎との間に構成された「乱
れなく調和する共同体」には、「可能な限り五人で一緒に
行動しよう」（P.20）というような、「いくつかの無言の

取り決めがある」（P.20）。「乱れなく調和する共同体」
の特徴については、ここで重里徹也の論を借りて説明して
いこう。

　この五人の共同体の特徴は三つあります。<u>一つは、
存続が自己目的化している共同体であること</u>です。組
織を維持し続けることが最大の目的になっている。<u>二
つ目は、つまずいた子供たちのためのボランティア活
動の共同体ということ</u>です。つまり、「正しい」や「善
意」にもとづいた共同体です。他人がなかなか批判し
にくい共同体といってもいい。<u>三つ目はセックス抜き
の共同体だということ</u>です。エコイズムを否定してい
るのだから、セックスは法度になる。グループ内で男
女の対をつくることは、自己抑制的に忌避されていま
す。そういうタブーを持った共同体です。[5]（P.241）

「誰かと二人だけで何かをしたりするのは、できるだけ
避け」（P.20）るというふうに、「乱れなく調和する共同
体」には、口に出されないルールがある。つまり、五人グ
ループ内の異性の関係やさらなる小さいグループの存在が
許されないということがこのルールに包摂されているので
ある。グループ内の誰も口にしてはいなかったが、皆は

5　重里徹也×三輪太郎（2013）『村上春樹で世界を読む』

「異性の関係を持ち込まないように注意し、努めていた」
（P.22）というルールを意識的に守っていた。よって、こ
のような「暗黙の了解」（＝私情の持ち込み禁止）は「乱
れなく調和する共同体」を維持する必要条件となっていた。
そして、一旦その「暗黙の了解」が排棄されたら、この「乱
れなく調和する共同体」が自ら瓦解するようになるのであ
る。多崎自身もそれを当然のことだと思いながら、この「乱
れなく調和する共同体」自体が崩壊する寸前まで、この「暗
黙の了解」を厳しく守っていたのである。

　なぜ多崎はこのようにルールを厳守していたかという原
因を探究してみれば、それは、名前に色彩を持たないこと
から生まれた、（多崎自身からの）一種の差別感によるも
のかもしれない。その差別感を持っていても、多崎は仲間
からの是認を求めていたのである。それに、「もともと社
交的なタイプ」ではない多崎の性格には、ある程度以上の
安定性があるので、この「乱れなく調和する共同体」のカ
ラフルな四人にとっては、多崎は安心して付き合える対象
で、この「共同体」にぴったりの存在だと考えられる。こ
のように、特別の共通点がなくとも、この五人のそのよう
な無形の力に駆使され、「乱れなく調和する共同体」は生
み出されたのである。

　ここで、大学のプールで知り合った灰田の発言が想起さ
れる。

『色彩を持たない多崎つくると、彼の巡礼の年』におけるメディウム
　―「色彩を持たない」多崎つくると木元沙羅をめぐって―

　　どんなことにも必ず枠というものがあります。思考
についても同じです。枠をいちいち恐れることはない
けど、枠を壊すことを恐れてもならない。人が自由に
なるためには、それが何より大事になります。枠に対
する敬意と憎悪。人生における重要なものごととという
のは常に二義的なものです。僕に言えるのはそれくら
いです。（P.68）

　灰田が言及した「枠」を、多崎が所在していた「乱れな
く調和する共同体」に置き換えれば、多崎の心に潜んでい
た恐怖心が容易にうかがえる。「乱れなく調和する共同体」
という「枠」を壊すことを恐れていたのは、自分の中にあ
る帰属感がなくなってしまうからである。恐怖心が存在す
ること自体は、自由を失ったも同然である。自分の欲望が
抑制された多崎は「思考の自由」（P.67）を失い、ある意
味で「乱れなく調和する共同体」に制約されたのである。
　しかし、思春期に際して、多崎の内心はもちろん異性であ
るシロ、クロに惹かれていた。異性と交際する欲望がその
「暗黙の了解」に抑制されていたため、多崎は彼女らのこと
を考えるときにも、「二人を一組にとして考えるようにして
いた」（P.22）。言い換えれば、多崎の心の奥には、個人の
私欲を捨て、共同体の調和を優先するという意識が働いてい
た。その時の多崎にとって、性への関心より、「乱れなく調
和する共同体」からの是認が何より重要なのであった。

３．３　多崎の女性への性欲不在か

　「乱れなく調和する共同体」の崩壊が多崎にもたらしたの
は、ショック、混乱、疑惑などが混在した複雑な気持ちばか
りであった。そして、多崎に「死ぬことだけを考え」させた
のは、共同体の崩壊による価値観の転倒である。それは、前
述した「暗黙の了解」から切り離すことはできない。

　36歳の多崎が現在の交際相手である沙羅とセックスした
のは、わずか１回である。そして、初めて異性を求める性
欲が現れたのは、「乱れなく調和する共同体」から外され
た後の、しかもある夜の夢の中である。ここから見れば、
多崎は決して異性への関心を持っていないわけではなく、
深層意識では「乱れなく調和する共同体」への懸念があっ
たのである。特に、夢の中で十六、七歳の時のシロ、クロ
とセックスした場面は、指標的な出来事である。シロとク
ロとの性夢は、思春期の多崎が「乱れなく調和する共同体」
の女性に好感を持っている事実を示しているのに違いな
い。それと同時に、彼の異性への関心が共同体の価値観に
抑制されていることを露呈している。にもかかわらず、シ
ロとクロとの性夢[6]を見たのは、多崎がそれまで動かされる
ことのなかった信念に挑んでいる象徴である。

　ところが、「乱れなく調和する共同体」の四人の友達か

6　村上春樹（2013）『色彩を持たない多崎つくると、彼の巡礼の年』
　　P.117、P.128

ら突然交際を絶たれた時点から、共同体と共存する価値観にも変化が起ってしまった。その内実を知らない多崎について、三輪太郎は『村上春樹で世界を読む』（2013）で次の見方を示している。

　　五人組の共同体は乱れなく調和を保っているような外観をとりつつも、内実はボロボロだった。調和を維持するためのルール・ナンバー・ワンは、私情を持ち込むな、です。にもかかわらず、こっそり私情を持ち込んでいた。最初はクロ。（中略）クロが多崎に懸想することが、クロと一心同体であるはずのシロの嫉妬を掻きたて、シロはクロと多崎の関係を遮断しようとする。（P.268）

　三輪の論点を踏まえてみれば、その内実を知らない多崎は、これまで一途に守ってきた「ルール・ナンバー・ワン」への固い信念が動揺することもありうる。そして、しっかりとルールを守っているのに、このようなひどい目に遭されせたことで、多崎は理解不能の状態に陥っているのに違いない。また、このような価値観の転倒や混乱などは、さらに多崎を自己不信の境地に追い込んだと言っても無理はなかろう。このように、「乱れなく調和する共同体」の崩壊を境にして、共同体の調和維持に対する多崎の立場からの激しい変化が見られる。

　従って、「乱れなく調和する共同体」から疎外された孤絶感に対抗するために、多崎は自分自身への信頼感覚の喪失を通じて、彼の精神と身体を二分化した。それは、多崎なりの自己治療法であろう。よく回復すればするほど、自らの自己感覚の能力喪失と彼自身に対する不信感が深まっていった。そのため、このような「自己不信↔自己治療」という悪循環が繰り返された結果、沙羅が言葉にできない「何か」に収束してしまったのである。そして、この「何か」は、多崎と沙羅との間の壁になってしまっていたのである。

　多崎の性夢の中に、シロ、クロも、灰田も現れたことがある。「乱れなく調和する共同体」の友人たちに去られてから一年近く経った六月に、多崎はこの「新しくできた心を許せる友人」（P.69）に出会った。彼との付き合いが深まるにつれ、ある夜、多崎はシロ、クロと灰田に関する性夢を見た（P.116-P.118）。クロとシロが多崎の性夢の前半に現れた。それは、「乱れなく調和する共同体」」に対する未練や、早くからクロとシロに抱いた好感の昇華などの影響だと推測できる。しかし、性夢の後半では女性達の姿が消え、彼の射精を受け止めたのは灰田である。それは、多崎つくるの性向を暗示しているのだろうか。

　灰田の出現は共同体が崩壊した後である。それに、灰田が様々なことについて「自分の意見を持っており、それを論理的に述べることができた」（P.70）ので、二人が時間の経つのを忘れて熱心に語り合ったり、意見を交換したり

したことは、多崎に精神的満足を与えた。それは自己認識に戸惑っていた多崎にとって、重要な安定剤とも言える。ただし、週末の夜になると、灰田は多崎のマンションに泊まっていた。そして、朝には料理人の才能を具えていた灰田はコーヒーを用意したり、オムレツを作ったりした。まるでカップルのような同棲生活に慣れていた多崎の潜在意識では、灰田を健康な若い男性が持つ性欲の代替対象にするのも無理はなかろう。

　目が覚めた多崎自身も「夢と想像との境目が、想像とリアリティーの境目がまだうまく見きわめられない」（P.118）と疑っていたが、答えが得られなかった。その答えは結局、灰田の姿が消えた後で、付き合い始めた4歳年上の女性から得られた。初めて性的な関係を持つようになった多崎は、「彼女との交わりから女性の身体についての多くの事実を学んだ」（P.132）と同時に、「自分が同性愛者ではないこと」（P.133）を証明しようとしていたのである。愛を目的とするのではなく、「大丈夫、おれはまともなのだ」（P.133）というふうに、自分の性向を確認しようとする多崎は、彼女との付き合いから「穏やかな好意と健康的な肉欲」（P.134）しか感じられなかったのである。

４．「色彩を持たない」多崎と沙羅

　深い心の傷を抱いていた多崎は、16年間生きてきた。こ

れまで封印されていた「乱れなく調和する共同体」への記
憶が、沙羅に喚起された。二人の関係を先に進めるには、
二人の間に挟まる「乱れなく調和する共同体」から生まれ
た「何か」をまず解決しなければならない、と沙羅が主張
した。そのため、多崎は「何か」の生成の原因を追求し、
封印された過去の思い出から解放されたのである。

４．１　沙羅が担う役割

　では、多崎を「自己不信⇔自己治療」という悪循環から
救出するのが、なぜ沙羅でなければならないのであろうか。
　沙羅の「記憶をどこかにうまく隠せたとしても、深いと
ころにしっかり沈めたとしても、それがもたらした歴史を
消すことはできない」（P.40）という一言で、多崎は過去
の謎を解く旅を始めた。それ以来、終始多崎の側で支えて
きた沙羅は、彼にとって心に抱えた問題について相談でき
る親友でもあれば、心から信頼できる導き手でもある存在
だと捉えてよかろう。そして、このような安心感は、これ
までの交際相手や灰田が多崎に与えなかったものである。
　多崎は沙羅の支援を得て、フィンランドへの旅に発つ数
日前に、彼女が他の男と「手を繋いで通りを歩いている」
（P.241）という衝撃的な場面を目撃した。これは、疑い
ようもなく二人の信頼感への裏切りである。その時の多
崎が「感じている心の痛みは嫉妬のもたらすものではな」
（P.242）く、「ショックだったのは、沙羅がそのとき心か

ら嬉しそうな顔をしていたこと」（P.243）である。沙羅は
多崎との将来に自信がないので、他の男性と同時に付き合
うことになったかもしれないが、多崎が気になるのは彼女
本人のみで、心も体も全て沙羅に惹かれている。なぜなら、
彼女がそばにいてくれるだけで、多少多崎は自己感覚の能
力を少しずつ取り戻していくからである。沙羅は多崎自身
の過去と対面させる勇気を与えてくれた相手だからこそ、
どこかに消えていた真の自己感覚が徐々に蘇ってきたので
ある。このように、沙羅は多崎にとって、肉体の安心感を
もたらすだけではなく、「心の緑洲(オアシス)」とも言える存在であ
ろう。

４．２　多崎が持つ色と沙羅が持つ色

　多崎にとって「心の緑洲(オアシス)」のような存在である沙羅に、
象徴する色彩があるとすれば、当然「緑」（＝翠）であろう。
沙羅は精神的に、物質的に多崎の強い後ろ盾であり、彼に
は欠かせない存在である。多崎との付き合いに行き詰まり
悩んでいた彼女には、もう一人付き合っている相手がいる
かもしれない。にもかかわらず、二人の間に戸惑いを感じ
た彼女は、きっと多崎との将来を考えており、多崎の帰国
と精神的成長を待ち望んでいるのであろう。

　多崎の場合、まず挙げられるのは、素直に過去のことを
正視できたことである。またそれによって、一度消えてし
まった自己感覚の能力を取り戻すことができた。嫉妬の世

界に「幽閉されていることを知る者は、この世界に誰一人いない。もちろん出ていこうと本人が決心さえすれば、そこから出ていける。その牢獄は彼の心の中にあるのだから。」[7]（P.48）と、多崎自身は考えていた。多崎は嫉妬がもたらした辛さに打ち勝ち、「君のことが好きだし、君をほしいと思っている」（P.345、P.346）と、作品の結末に三回も強調し、自分の本当の気持ちを沙羅に打ち明けた。それで、自分の感覚を隠さずに、そしてそれを信じ込んだ多崎が持つ勇気こそ、過去に囚われた囹圄から抜け出す鍵だと思われる。この鍵は言うまでもなく、沙羅が与えたのである。

　「死」の考えから脱出して、長年抱えていた不安や不信などを超克した多崎は、再び立ち直って、今後の人生を明るく生きようと決心した。このような「瀕死」から「再生」へ変化する人間の柔軟性は、樹木にもある。それで、「色彩を持たない」と思われる多崎つくるが持つ色彩は、生命

7　村上春樹（2013）『色彩を持たない多崎つくると、彼の巡礼の年』「嫉妬とは——つくるが夢の中で理解したところでは——世界で最も絶望的な牢獄だった。なぜならそれは囚人が自らを閉じ込めた牢獄であるからだ。誰かに力尽くで入れられたわけではない。自らそこに入り、内側から鍵をかけ、その鍵を自ら鉄格子の外に投げ捨てたのだ。そして彼がそこに幽閉されていることを知る者は、この世界に誰一人いない。もちろん出ていこうと本人が決心さえすれば、そこから出ていける。その牢獄は彼の心の中にあるのだから。しかしその決心ができない。彼の心は石壁のように硬くなっている。それこそがまさに嫉妬の本質なのだ。」（P.47-48）

力に満ちている森林のような「緑色」だと考えられよう。
このように、多崎の「心の緑洲（オアシス）」とされる沙羅は、彼のい
こいの場として、彼の心を潤す養分を提供し、彼に将来へ
一歩踏み出す勇気を与えたのである。

４．３　多崎の「巡礼」が持つメディウム的意味

　二人の間に介入した「何か」から始まったこの「巡礼」
は多崎にとって、過去を振り返ったり、謎を解明したりす
る重要な変わり目でもあれば、沙羅との二人の現在と将来
を見直す絶好の機会でもある。つまり、「乱れなく調和す
る共同体」に関する思い出の巡礼は、多崎と沙羅の関係を
深める巡礼である。多崎の「巡礼」が持つメディウム的意
味については、以下の引用を確認しよう。

　　　人の心と人の心は調和だけで結びついているのでは
　　ない。それはむしろ傷と傷によって深く結びついてい
　　るのだ。痛みと痛みによって、脆さと脆さによって繋
　　がっているのだ。悲痛な叫びを含まない静けさはなく、
　　血を地面に流さない赦しはなく、痛切な喪失を通り抜
　　けない受容はない。それが真の調和の根底にあるもの
　　なのだ。　（P.307）

　多崎が求めているのは、共同体だけではなく、個人の内
的な調和である。つまり、多崎の「巡礼」には、単に過去

に関して振り返り、反省するという内的な要素のみならず、沙羅と一緒に穏やかな関係を築いていくことを決心するという外的要素も内包されている。

　一度沙羅の裏切りの場面を目撃した多崎は、まさに灰田が言った「省察を生むのは痛みです」（P.55）のように、「痛切な喪失」を通り抜けたうえで、沙羅の全てを受け入れるようになったのではないか。端的に言えば、彼女のまなざしを通して、多崎は共同体によって苦しんできた諸々のことを乗り越えただけではなく、彼女の裏切りによって彼の中にある調和を獲得できたのである。それで、多崎は沙羅との穏やかな関係を築くことによって、二人なりの「乱れなく調和する共同体」を「創る」[8]ことに向っている。過去からの再生と今後の人生の再開という面から見れば、「巡礼」が持つ意味はいっそう深まったと考えられる。

5．おわりに

　本研究では、村上春樹の『色彩を持たない多崎つくると、

8　村上春樹（2013）『色彩を持たない多崎つくると、彼の巡礼の年』「つくる」という名前にあてる漢字を「創」にするか「作」にするかでは、父親はずいぶん迷ったらしい。同じ読みでも字によってそのたたずまいは大きく違ってくる。」（P.59）「『創』みたいな名前を与えられると、人生の荷がいささか重くなるんじゃないかとお父さんは言っていた。『作』の方が同じつくるでも、本人は気楽でいいだろうって。」（P.59-60）

彼の巡礼の年』に関する「何か」の正体を検討しながら、
「色彩を持たない」多崎つくると木元沙羅における「巡礼」
の意味について考察してきた。その結果を改めて整理すれ
ば、次のようである。

　まず、沙羅が言及した「何か」は、かつての「乱れなく
調和する共同体」を維持するための「暗黙の了解」であり、
私情を抑えること（＝「禁欲」）に由来しているのである。
そして、この「暗黙の了解」が正当化され、メンバー全員
がそのルールを守っていた。一見共同体のバランスが取れ
ていたように見えるが、実はシロがクロへの嫉妬を掻き立
てられたことで、ついに共同体を崩壊させるに至った。そ
の一方で、内情を知らなかった多崎はこれまで信じ込んで
いたルールに裏切られ、彼の中にある価値観が混乱し、自
己不信の境地に追い込まれてしまった。ついに、多崎は自
分の精神を肉体から離脱させることによって、「乱れなく
調和する共同体」の崩壊による痛みを抑えて、自己治療を
していた。それは、多崎の自分なりの治療法とも言えよう。
このような「自己不信⇔自己治療」という循環から生まれ
たものは、沙羅が指摘した「何か」へと変貌してしまった
のである。

　また、これまで心に埋められた過去に対する疑惑の解明
によって、多崎つくるはようやく「乱れなく調和する共同
体」から解放されたのである。それゆえ、自己感覚の回復
のおかげで、沙羅への思いが生々しく感じられ、彼女に赤

裸々に伝えられたのである。このように、五人の青春時代に保たれていた共同体の崩壊をめぐる「巡礼」は、沙羅との関係を見直す「巡礼」であったとも言えよう。そして、多崎の「巡礼」は、過去への反省という内的な要素も、将来穏やかな関係を築くという外的要素も兼有しているものでもある。過去からの再生と今後の人生の再開という視点から見れば、「色彩を持たない」と思われる多崎つくると木元沙羅が持つ色彩は、生命力に満ちている「緑色」だと言ってよかろう。

テキスト

村上春樹（2013）『色彩を持たない多崎つくると、彼の巡礼の年』文藝春秋

参考文献

河合俊雄（2011）『村上春樹の「物語」―夢テキストとして読み解く―』新潮社
河出書房新社編集部編（2013）『村上春樹『色彩を持たない多崎つくると、彼の巡礼の年』をどう読むか』河出書房新社
重里徹也・三輪太郎（2013）『村上春樹で世界を読む』祥伝社

村上春樹・頼明珠譯（2013）『沒有色彩的多崎作 和他的巡
礼之年』時報出版

※　本稿は 2014 年 6 月 21 日に淡江大学（台湾）で開催さ
れた「2014 年第 3 回村上春樹国際学術シンポジウム」
に於いて口頭発表した原稿に加筆修正したものであ
る。

村上春樹文学のメディウムとしての「うなぎ」

曾　秋桂

1．問題提起

　柴田元幸のインタビューを受けた2003年[1]に村上春樹は、小説の創作について、「三者協議。僕は「うなぎ説」というのを持っているんです。僕という書き手がいて、読者がいますね。でもその二人でだけじゃ、小説というのは成立しないんですよ。そこにはうなぎが必要なんですよ。うなきなるもの」[2]と表明した。この発言から考えると、村上春樹が書く小説においては、書き手と読者との間を関連づけるには、メディウム[3]としての「うなぎ」のような媒介者が

1　柴田元幸（2004）「Preface」柴田元幸編訳『ナイン・インタビューズ 柴田元幸と9人の作家たち』アルク P.4

2　柴田元幸編訳（2004）『ナイン・インタビューズ 柴田元幸と9人の作家たち』アルク P.278

3　柘植光彦（2008）「メディウム（巫女・霊媒）としての村上春樹「世界的」であることの意味」柘植光彦編『国文学解釈と鑑賞別冊村上春樹テーマ・装置・キャラクター』至文堂 P.87 では、メディウムについて、「「メディアム」（medium）とはメディア（media）の単数形で、「媒体」「媒介者」を指す。フランスの批評理論の一つであるメディオロジーの中心をになう概念だ」と説明している。

どうしても必要のように思われる。メディウムとは、村上
春樹文学におけるメディウム研究で名高い柘植光彦によれ
ば「シャーマン」の意味内容に近いもの[4]とされているが、
本論文ではメディウムを、単純に「媒体」・「媒介者」と
して使いたい。

　書き手と読者との関係と言えば、ロラン・バルトが主張
した「作者の死」[5]を思い出さずにはいられない。「テクス
トとは、無数にある文化の中心からやって来た引用の織物
である」[6]と言ったバルトの論では、作品は背景となる時代
や社会の諸関係の引用であって、それらの諸関係から独立
して作品を独自に創作する作者はないと、広く一般的に理
解されている。そうすると、村上春樹が主張した自分の小
説創作には、「うなぎが必要なんですよ」の「うなぎ」とは、
「作者の死」のパラダイムとは逆の方向にパラダイムシフ
トをおこなおうとしたのではないかと推測されよう。内田
樹は村上春樹の「うなぎ説」を読んで「面白い」[7]と推奨し、
「うなぎ」を「喚起的なメタファー」[8]として見ている。し
かし、内田樹の発言だけでは、「うなぎ説」の正体が十分

4　同注 3 P.87-99
5　ロラン・バルト著　渡辺淳・沢村昂一訳（1985・初 1971）『零度のエ
　クリチュール』みすず書房 P.85
6　同注 5 P.85
7　内田樹（2010）『もういちど村上春樹にご用心』アルテスパブリッシ
　ング P.174
8　同注 7 P.178

に掴めたとは言い難い。従って、本論文では「うなぎ説」
の意味の解明ではなく、まず村上春樹文学における「うな
ぎ」の用法の側面から、その正体に迫っていくことにする。

2．村上春樹の「うなぎ説」の由来

　村上春樹の「うなぎ説」は、『ナイン・インタビューズ
柴田元幸と9人の作家たち』に初めて見られる発言である。
その特徴に注意しながら、その意味を検討してみよう。

2．1　「第三者」としてのうなぎ

　「うなぎ説」に関する柴田元幸との対話を以下のように
抜粋する。下線部分と網掛けは、論者による。以下は同様
である。

　　　村上：小説というのは三者協議じゃなくちゃいけな
　　　　　　いと言うんですよ。
　　　柴田：三者？
　　　村上：三者協議。僕は「うなぎ説」というのを持っ
　　　　　　ているんです。僕という書き手がいて、読者
　　　　　　がいますね。でもその二人でだけじゃ、小説
　　　　　　というのは成立しないんですよ。そこにはう
　　　　　　なぎが必要なんですよ。うなぎなるもの。
　　　柴田：はあ。

村上：いや、別にうなぎじゃくてもいいんだけれど
　　　ね（笑）。たまたま僕の場合、うなぎなんで
　　　す。何でもいいんだけれど、うなぎが好きだ
　　　から。だから僕は自分と読者との関係にうま
　　　くうなぎを呼んできて、僕とうなぎと読者で、
　　　3人でひざをつき合わせて、いろいろと話し
　　　あうわけですよ。そうすると、小説というも
　　　のがうまく立ち上がってくるんです。

柴田：それはあれですか、自分のことを書くのは大
　　　変だから、コロッケについて思うことを書き
　　　なさいっていうのと同じですか。

村上：同じです。コロッケでも、うなぎでも、牡蠣
　　　フライでも、何でもいいんですけど（笑）。

柴田：三者協議っていうのに意表つかれました
　　　（笑）。

村上：必要なんですよ、そういうのが。でもそうい
　　　う発想が、これまでの既成の小説って、あん
　　　まりなかったような気がするな。みんな読者
　　　と作家とのあいだだけで、ある場合には批評
　　　家も入るかもしれないけど、やりとりが行な
　　　われていて、それで煮詰まっちゃうんですよ
　　　ね。そうすると「お文学」になっちゃう。で
　　　も、三人いると、二人でわからなければ、「じゃ
　　　あ、ちょっとうなぎに訊いてみようか」と

いうことになります。するとうなぎが答えて
くれるんだけど、おかげで謎がよけいに深まっ
たりする。そういう感じで小説書かないと、
書いてても面白くないですよ（笑）。インター
ネットなんかやっていると、読者から小説
についての質問が来るわけです。村上さん、
これはどういう意味ですかって。でもそんな
の、僕にだってよくわからないから、わかり
ませんって言うしかないですよね。そんなの
うなぎに訊いてくれよって（笑）。

柴田：で、でもその場合うなぎって何なんですかね
　　　（笑）。

村上：わかんないけど、たとえば、第三者として設
　　　定するんですよ、適当に。それは共有された
　　　オルターエゴのようなものかもしれない。簡
　　　単に言っちゃえば。僕としては、あまり簡単
　　　に言っちゃいたくなくて、ほんとはうなぎの
　　　ままでおいておきたいんだけど、それではた
　　　ぶん難解すぎるかもしれないから。

柴田：難解ですよ。それは（笑）。（P.278-279）

　以上は、所謂「うなぎ説」の始まりである。村上春樹の
主張によれば、小説を成立させるには、書き手と読者との
間に三者協議に立ち会うものを、便宜上自分の好きなうな

ぎと名指し、登場させたという。また、書き手と読者との意思疎通をうまくするために働いてくれるうなぎとは、「第三者」、「共有されたオルターエゴ」だと説明されている。

２．２　メディウムとしてうなぎを見ることの可能性

　また、インタビューの中で、小説を書くことについて、「うなぎ説」により詳しく触れた対話を以下に引用しよう。

　　　柴田：うんうん。
　　　村上：これもねえ、メタファーのレベルで、漠然と
　　　　　　しかい言えなくて。非常に説明しづらいんだ
　　　　　　けど、小説書いていると実感的にわかるんで
　　　　　　す。「うん、そうなんだ」と。
　　　柴田：じゃ、小説を読んでいるとわかるかもしれな
　　　　　　い。
　　　村上：うん、それがまあ、小説を書くことの目的の
　　　　　　一つですね。うまくそうなればいい、うまく
　　　　　　その実感が伝わればいい、と。あのですね、
　　　　　　僕は別に人の心を癒すことを目的として小説
　　　　　　を書いているわけじゃないんです。どちらか
　　　　　　というと、僕は何をするにしても、ほとんど
　　　　　　自分のことしか考えてないんです。でも小説
　　　　　　を書くとなると、小説を立体的に書くとなる
　　　　　　と、どうしてもうなぎを引き込んでこなくて

はならないし、いったんうなぎが出てくると、
他者と視点を共有するということが、必須に
なってくるんです。そして結果的に、他者と
何かを共有するというのは、何かを交換しあ
うことであり、それは多かれ少なかれ治癒行
為につながります。というか、もっと正確に
言えば、自己治癒の可能性みたいなものを、
スペースとして示唆することになります。僕
がうなぎが大事だというのは、そういうこと
でもあるんです。というか、やっぱりわかり
にくいかもしれないけど。　（P.282-283）

　村上春樹の発言では、小説を立体的に書くに際して、う
なぎの登場が必要となり、そこで他者と視点を共用するこ
との必要性も増してくるし、何かを交換し合うことにより、
結果的に「治癒行為」につながり、自己治癒を可能にさせ
ることにもなるということである。要するに、小説を書く
際に引き込んでこなければならないうなぎとは、他者との
視点を共有する架け橋のようなもの、いわばメディウムで
あり、そのような意味で、うなぎを見ることの可能性が示
唆されているのである。
　さて、村上春樹がうなぎをどのように表象したかを、具
体的に作品から探ってみよう。

3．村上春樹文学における「うなぎ」の作品群

　今までの村上春樹小説を見る限り、「シェエラザード」（最新短編集『女のいない男たち』に収録、2014）ほど、「うなぎ」（やつめうなぎ）を明確な装置として小説に導入した作品はない。「シェエラザード」が収録された『女のいない男たち』の刊行時、村上春樹は、「『神の子どもたちはみな踊る』のモチーフは「一九九五年の神戸の震災」だったし、『東京奇譚集』の場合は「都市生活者を巡る怪異譚」だった。そういう「縛り」がひとつあった方が話を作っていきやすいということもある」[9]と述べた上、『女のいない男たち』の縛りを「いろんな事情で女性に去られてしまった男たち、あるいは去られようとしている男たち」[10]としている。さらに、「シェエラザード」の 1 作だけが、他の『文藝春秋』に収録された作品とは違い、柴田元幸の要請により、「尖った若い読者向けの、新しい感覚の文芸誌」[11]『MONKEY』のために書いたものだと付け加えている。雑誌の性質[12]を考慮した上、創作したこの「シェエラザード」だけに、「うなぎ」が取り立てて強調されている。

9　村上春樹（2014）「まえがき」『女のいない男たち』講談社 P.6
10　同注 9 P.7
11　同注 9 P.10
12　同注 9 P.10 では、「僕はそれらの媒体の性格の差違を楽しみながら、少し違った意識で小説を書くことができた」とある。

これ以前の「うなぎ」（1986）、『ノルウェイの森』（1987）、
『海辺のカフカ』（2002）で触れた「うなぎ」と比べれば、
その意図的な装置化がさらに目立つように見える。

　そこで、次節では「シェエラザード」における「うなぎ」
の形象から見て、さらに以前の作品に遡って「うなぎ」の
形象を振り返り、論究を進めていきたい。

４．「シェエラザード」（2014）における「うなぎ」
（やつめうなぎ）の形象

　まず、「うなぎ」を明確な装置として導入した「シェエ
ラザード」の粗筋から見よう。第３人称によって語られた
「シェエラザード」の登場人物は、31歳（P.172）の男・
羽原と、羽原に『千夜一夜物語』[13]（P.63）の王妃の名前に
因んで、名をシェエラザードと呼ばれた35歳（P.172）で
夫と二児を有する「専業主婦」（P.172）の２人である。羽
原が送られてきた「ハウス」[14]（P.174）を、「週に二度」
（P.174）訪問する「看護師の資格」（P.172）を持っている

13　『海辺のカフカ』（上 P.63）では、カフカが甲村図書館に行って、最
　　初に取り出して読んだ書物は、『千夜一夜物語』であった。

14　「ハウス」については、ただ「外界との連絡を一切絶たれ」（P.175）、
　　「外に出ることのできない」（P.181）、「すべての自由を取上げられ」
　　（P.209）と言ったぐらいで、どんな所かよく分からない。また「アル
　　コールは一切にしない」（P.715）が仄かされる飲酒禁止から、事件を
　　起こした原因は多分飲酒と関係するに違いない。

シェエラザードは、「連絡係」（P.181）として羽原の世話
を担当している。羽原のために生活用品を買出しし、用事を
片付けた後、「二人は自然に寝室へと移動し」（P.174）、
セックスをするようになった。セックスの後、「ベッドの
中で男性と親密に話をする行為」（P.171）の好きなシェ
エラザードが「興味深い、不思議な話を聞かせてくれ」る
（P.171）。その話は「まったくの創作なのか、それとも部
分的に事実で部分的に作り話なのか」（P.172）、羽原に
は見当がつかない。しかし、シェエラザードが去ってしま
えば、「彼女の話が聞けなくな」（P.209）り、「親密な時
間を共有することができなくなってしまう」（P.209）と
まで、羽原は心配するようになった。共有する親密な時間
で、シェエラザードは、「私の前世はやつめうなぎだった」
（P.176）と何回も触れた。

　ここで断っておきたいことだが、生物学的概念からする
と、生物種が違うやつめうなぎをうなぎ[15]と同一視すること
は、あまり適切ではないが、「やつめうなぎには顎がない
の。そこが普通のうなぎとは大きく違っている」（P.177）
と、わざわざ「うなぎ」ではなく、「普通のうなぎ」と原
文で強調した点から見ると、生物種の概念上、魚類のうな

---

15 写真家八木直哉×『どうぶつのくに』による「世界遺産 知床と北海道
　のどうぶつたち」では、「目の後に続く七つのエラ穴を目に模して八
　つ目、が名前の由来に違いない、妖怪みたいだ。」と述べられている。
　http://www.doubutsu-no-kuni.net/?cat=63（2014年5月25日閲覧）

ぎと「最も原始的な脊椎動物の一群」[16] として知られるや
つめうなぎを厳密に区別して書いているようには思われな
い。なぜなら、魚類のうなぎと円口類のやつめうなぎを厳
密に区別して言うなら、うなぎは「うなぎ」だけでよく、
とりたてて「普通のうなぎ」と述べる必要はないからであ
る。本論文では、原文の記述を尊重し、やつめうなぎをう
なぎの類縁者として扱い、同一視することにする。

4．1　やつめうなぎが持つ「生」・「性」・「静」のイメージ

　シェエラザードは、「小学生の頃、水族館で初めてやつ
めうなぎを見て、その生態の説明文を読んだとき、私の前
世はこれだったんだって、はっと気がついたの」（P.178）
と最初に言った後、「というのは、私にははっきりとした
記憶があるの。水底で石に吸い付いて、水草にまぎれてゆ
らゆら揺れていたり、上を通り過ぎていく太った鱒を眺め
たりしていた記憶が」（P.178）と理由に挙げた。このよう
にシェエラザードは水族館で読んだやつめうなぎの生態の
説明をきっかけに、自分の前世がやつめうなぎだと思うよ
うになった。さらにシェエラザード流の生態説明に従えば、
「やつめうなぎは実際に水草にまぎれて暮らしているの。
そこにこっそり身を隠している。そして頭上を鱒が通りか

---

16 富山大学理学部生物学科　山崎研究室「やつめうなぎの種分化」
　http://www.sci.u-toyama.ac.jp/bio/yamazaki-lab/lamprey/speciation.html
　（2014 年 5 月 25 日閲覧）

かると、するすると上っていってそのお腹に吸い付くの。
吸盤でね。そして蛭みたいに鱒にぴったりくっついて寄生
生活を送る。吸盤の内側には歯のついた舌のようなものが
あって、それをやすりのようにごしごしと使って魚の体に
穴を開け、ちょっとずつ肉を食べるの」（P.177-178）とな
る。ここには、やつめうなぎが生きていくために営む鱒に
寄「生」する姿が示されている。

　次は「性」のことであるが、シェエラザード流の説明で
何回も強調された鱒という魚は、やつめうなぎを専門的に
研究した報告[17]では、あまり見られない。そこで、鱒を強調
したシェエラザードの意図を考えてみるべきであろう。鱒
の発音といえば、マスタベーションの発音に似ており、「マ
ス」はマスタベーションの略語として使われているようで
ある。いわば、実物の鱒を超え、マスタベーションのよう
な性的イメージを持つメタファー的なものとなったのであ
る。これは、羽原がシェエラザードと「これまでになく激
しく交わ」り（P.202）、「最後にはっきりとしたオーガズ

---

17 富山大学理学部生物学科　山崎研究室が作った「やつめうなぎの一
　生」では、「魚などに吸い付き、いわゆる寄生生活を送ります。この
　時、唾液腺と呼ばれる器官から消化液を出し、魚の肉を溶かして、そ
　れを吸い込みます。また、やつめうなぎの口の奥には、歯の付いた舌
　のような器官があり、これを使って魚の肉をえぐって食べることもし
　ます。ですから寄生というよりも捕食と言った方がいいかもしれませ
　ん」と紹介されている。http://www.sci.u-toyama.ac.jp/bio/yamazaki-lab/
　lamprey/lifehistory.html（2014 年 5 月 25 日閲覧）

ムを迎えた」（P.202）シェエラザードが帰った後、「石に吸い付き、水草に隠れて、ゆらゆらと揺れている顎を持たないやつめうなぎたちを」（P.210）思い、「彼らの一員とな」った（P.210）場面からも説明できる。何故なら、シェエラザードと激しくセックスした後、やつめうなぎに同化した羽原が待っているのは、「鱒がやってくる」（P.210）ことで、いわば前述の「彼女の話が聞けなくな」（P.209）り、「親密な時間を共有することができなくなってしまう」（P.209）とまで心配した羽原にとっては、シェエラザードとのセックスのことだからである。

　「性」だけではなく、やつめうなぎは「静」のイメージも持っている。シェエラザードが羽原に語った空き巣に入った体験では、「他人の留守宅に入って一番素敵なのは、なんといっても静かなことね。なぜかはわからないけど、本当にひっそりしているのよ。そこは世界中で一番静かな場所かもしれない。（中略）自分がやつめうなぎだった頃に自然に立ち戻ることができた」（P.184）と語ったシェエラザードの言葉からは、やつめうなぎが持つ「静」のイメージが付加された。その「静」はシェエラザードが前世のやつめうなぎだった時、「あたりは本当に静かで、物音は何ひとつ聞こえない。（中略）私は何も考えていない。というか、やつめうなぎ的な考えしか持っていない（中略）私は私でありながら、私ではない」（P.184）ことに相通じるようである。それもまたやつめうなぎに同化した羽原が

161

鱒を待つ結末の場面からも見られる。「しかしどれだけ待っても、一匹の鱒も通りかからなかった。（中略）どのようなものも。そしてやがて日が落ち、あたりは深い暗闇に包まれていった」（P.210）というように、通りかかるものはない状況は、一層「静」を浮き彫りにしたのである。やつめうなぎが持つ「生」・「性」・「静」のイメージが以上から判明した。

４．２　シェエラザードが空き巣に入った体験―17歳の「報われない恋」

　高校2年生17歳の時にシェエラザードは学校を休んで、「恋をしていた」（P.185）同じクラスの男の家へ4回空き巣に行った。そして、「呪術的な儀式みたい」（P.190）な物物交換もした。それを表1に纏めて整理した。

　表1に整理したように、空き巣に入った4回のうち、特に注目したいのは3回目である。それは、シェエラザードが17歳のことを語っている途中、一度35歳の現実に立ち戻り、再度羽原に性行為を求め、「これまでになく激しく交わった」（P.202）ときである。空き巣に行った3回目に、シェエラザードは好きな彼の「ベッドに横になった。そしてシャツに顔を埋め、その汗の匂いを飽きることなく嗅ぎ続けた」（P.200）。すると、「腰のあたりにだるい感覚を覚えた。乳首が硬くなる感覚もあった。（中略）こうなるのは性欲のせいだろう」（P.200）と反応し、脱いだパンツの「股の部

表1　シェエラザードが語った空き巣に入った体験

回数	品物交換	状況	シェエラザードの反応
1回目（15分）	「使いかけの鉛筆」（P.188）をもらって、「タンポン」（P.189）を置く	「勉強机の椅子に腰を下ろし」（P.187）	「あたりは相変わらずひっそりとしていた。物音ひとつしない。そのようにして彼女は、水底にいるやつめうなぎに自分を同化することになったのだ」（P.188）
2回目（30分）	「サッカーボールをかたどった小さなバッジ」（P.193）をもらって、「髪を三本」（P.193）置く	「ベッドに身を横たえてみた」（P.191）	「心臓の鼓動が急速に高まり、まともに呼吸ができなくなった」（P.191）
3回目（純粋な空き巣）	①「汗の吸い込んだシャツ」（P.200）をもらって、「何も置いていかなかった」（P.203）②「彼の翳りを知っている」（P.205）	①「ベッドの上で長いあいだ仰向けに身を横たえていた」（P.199）<u>男の汗の匂いがしたシャツを取ってきた</u>②「ベッドに横になった。そしてシャツに顔を埋め、その汗の匂いを飽きることなく嗅ぎ続けた」（P.200）	①「腰のあたりにだるい感覚を覚えた」（P.200）②「乳首が硬くなる感覚もあった」（P.200）③「こうなるのは性欲のせいだろう」（P.200）<u>35歳の現実に回帰</u>羽原に再びセックスを求め、オーガズムを迎えたシェエラザードだけではなく、羽原もやつめうなぎに同化するようになった。（P.203）
4回目	失敗	錠前が新しく取り替えられたドアの前に立った。（P.204）	「肩から重い荷を下ろしてくれたような気持ちだった」（P.204）

分が温かく湿っている」（P.201）と分かり、自分の「性欲」
（P.201）に目覚めた。彼の汗の匂いがするシャツを貰う代
わりに、「性欲で汚れてしまったものを彼の部屋に残してい
くわけにはいかない。そんなことをしたら自分を卑しめてし
まうことになる」（P.201）と思い、何も置いていかなかっ
た。この状況を語っている真っ最中のシェエラザードは、一
度 35 歳の現実に立ち戻り、羽原に再度性行為を求め、「最
後にはっきりとしたオーガズムを迎えた」（P.202）のであ
る。このように、その 17 歳の「報われない恋」（P.185）は
羽原に再度性行為を求める形で成就したと思われる。

４．３　やつめうなぎに同化したシェエラザード
―35 歳で果たした 17 歳の「報われない恋」

　羽原に再度性行為をする場面については、2 例を挙げて
シェエラザードの様子を見よう。

> 例①柔らかく、奥の方まで深く湿っていた。肌も艶
> やかで、張りがあった。彼女は今、同級生の家
> に空き巣に入ったときの体験を鮮やかにリアル
> に回想しているのだ、と羽原は推測した。とい
> うか、この女は実際に時間を遡り、十七歳の自
> 分自身に戻ってしまったのだ。前世に移動する
> のと同じように。シェエラザードにはそういう
> ことができる。（P.202）

例②彼が今こうして抱いているのは、たまたま三十五歳の平凡な主婦の肉体の中に閉じ込められている、問題を抱えた十七歳の少女なのだ。羽原にはそれがよくわかった。彼女はその中で目を閉じ、身体を細かく震わせながら、汗の染み込んだ男のシャツの匂いを無心に嗅ぎ続けている。（P.202-203）

　上例からすると、現実上35歳のシェエラザードが17歳の少女に戻れたのは、とりもなおさずやつめうなぎに同化したためである。言い換えれば、35歳の肉体に閉じ込められた17歳の少女を甦らせるのは、やつめうなぎに同化した力であり、やつめうなぎが同一人物の体に共存している35歳と17歳の両者の間で、メディウムとしての働きを発揮したのである。このように、「生」・「性」・「静」を兼ね備えたやつめうなぎは、「シェエラザード」においては、メディウムとしての働きを発揮したのである。ちなみに、若い時代に立ち戻り、セックスを通して恋を成就したといった手法の先蹤は、「50をこえている」（下 P.113）佐伯が15歳に戻り15歳のカフカと交わった[18]場面を描いた『海辺のカフカ』に求められる。

18　『海辺のカフカ』（下 P.290）では、「私はその部屋でもう一度15歳の少女に戻り、彼と交わりました」と佐伯がナカタに告白した通りである。

５．他の作品における「うなぎ」の形象との比較対照

「シェエラザード」で「生」・「性」・「静」を兼ね備え、メディウムとしての働きを持つ「やつめうなぎ」を更に遡り、「うなぎ」（1986）、『ノルウェイの森』（1987）と『海辺のカフカ』（2002）に出た類縁者「うなぎ」の形象を見てみよう。

５．１ 「うなぎ」（1986[19]）における熟睡状態の仲間としての友好的なうなぎ

「うなぎ」では、夜中に「三十七歳で、酔払いで、人にあまり好かれることのない僕」（P.147）が、「ふわふわする温かい眠りの泥の中にうなぎやらゴム長靴やらと一緒にすっぽりもぐりこんで」（P.147）、「熟睡」（P.147）している中、間違い電話で起されたが、再び「眠りの泥の中にあの友好的なうなぎたちの姿を求めた」（P.148）。「僕」は人にあまり好かれていないが、熟睡中、うなぎを仲間とするのは心の温まる癒しの用例だと理解されよう。

---

19 （2002）『村上春樹全作品 1990-2000 ①短篇集Ⅰ』講談社に収録、初出一覧では創作時期が明確に書かれていない。村上春樹が 1949 年に生まれたことから推定して、作品中明記された「37 歳」が 1986 年のはずである。

５．２　『ノルウェイの森』（1987）における「性」・「生」のイメージを持つうなぎ

　11章で構成された『ノルウェイの森』では、古くからスタミナ食[20]とされたうなぎが「僕と緑は<u>鰻屋に入って鰻を食べ</u>、それから新宿でも有数のうらさびれた映画館に入って、<u>成人映画</u>三本立てを見た」（P.324）とポルノ映画に関連し、性的イメージを持って登場した。以下２つの側面から「うなぎ」の持つ「生」のイメージを検討しよう。

　一つは、緑の存在のことである。第４章に始めて登場した緑について、舘野日出男が「緑は、直子が死の象徴であるとすれば、それに対蹠的な生を象徴する存在として考えられる」[21]としている。主人公ワタナベが第９章で一緒に鰻を食べる人が生を象徴する緑に限られることは、第11章の結末で「世界中に君以外に求めるものは何もない。君と会って話したい。何もかもを君と二人で最初から始めたい」とワタナベが緑に愛の告白をしたセリフと呼応している。

20　西角井正慶編（1987・初1958）『年中行事事典』東京堂出版 P.546　では大伴家持の「痩人を嗤咲歌二首」『万葉集』一六の「痩す痩すも生けらばあらむをはたやはたむなぎをとると河に流るな」を引用した。田辺貞之助（1962）『古川柳風俗事典』青蛙房 P.343 に挙げた「鰻屋に囲われの下女今日も居る」について、「鰻は精をつくからということもあるが、旦那は坊主なので、寺ではくえないから妾のところ来てくう。というわけで、来るたびに下女を鰻屋へやる」と説明している。

21　舘野日出男（2004）「村上春樹と三島由紀夫」今井清人編（2005）『村上春樹スタディーズ 2000-2004』若草書房 P.108-109

いわば、緑がワタナベと一緒に鰻を食べてから、「女の客はいないよう」（P.325）な「ばりばりいやらしいSM」（P.324）を見に行くことが象徴する「性」的イメージには、共に強く「生」きていくことの意味も付け加えられているのである。

　もう一つは、食事する場面である。『ノルウェイの森』の中でワタナベは緑に会うたびによく食事をする。これも「生」を象徴する手法だと認められる。例えば、第4章で2人が最初に会った学生食堂では、ワタナベは「マッシュルーム・オムレツとグリーンピースのサラダ」（P.76）を食べ、緑は「マカロニ・グラタン」（P.76）を注文した。そして、四ツ谷で「日変り弁当」（4章 P.88）を、緑の自宅で「鯵の酢のもの」（4章 P.101）などの手作り料理を食べた。また、喫茶店で「カレー」を食べる（7章 P.243）緑にワタナベは付き合っている。そして、緑の父が入院する病院の食堂で、二人で「クリーム・コロッケとポテト・サラダ」（7章 P.270）の定食を食べた。「鰻」を食べた第9章に引き続いて、第10章では、「幕の内弁当」（P.373）を一緒に食べた。それと比べて、直子と一緒に食事を取る場面は少ない[22]。従来、直子と対蹠的に「生」を象徴してい

---

[22] 第5章で直子が入っている阿美療を訪ねた時、そこの食堂で夕食に「魚フライと野菜サラダ」（P155）を、第6章で翌日の夕食に「大豆のハンバーグ・ステーキ」（P215）を直子と一緒に食べた。そして、直子の死後、レイコが訪ねて来た時に、「すき焼き」（11章 P.407）を作っ

る緑は『ノルウェイの森』では食事の場面に多く登場し、
女の客がいないポルノ映画に敢えて行くことにした緑とし
か、うなぎを食べない設定からも、うなぎの持つ「性」・
「生」のイメージが一層クローズアップされよう。

５．３　『海辺のカフカ』（2002）における「性」を滲み
出させるようなうなぎ

　49 章で構成された『海辺のカフカ』（上、下）では、第
6 章に初めて登場したナカタがうなぎに触れている。ナカ
タは「もう 60 をとっくに過ぎ」（上 P.86）たが、「9 歳の
時に事故にあった」（上 P.85）ため、「頭が悪い」（上 P.80）。
このようなナカタは、猫と対話する力を持つようになり、
猫のオオツカに「世の中にはかわりのある食べ物もありま
すが、ウナギのかわりというのは、ナカタの知りますかぎ
りどこにもありません」（上 P.81）と、うなぎを最高のも
のと位置づけている。ナカタの大好物のうなぎだが、自分
より立派になった二人の弟も「大きな家に住んで、ウナギ
を食べております」（上 P.80）と言い、謝礼にもらった僅
かな収入だが、「たまにはウナギを食べることもできます。
ナカタはウナギが好きなのです」（上 P.81）と、うなぎの
高価な一面を強調している。

　て食べた。なお、第 8 章では永沢とハツミと「鱸」（P.295）、「鴨」
（P.295）を食べた。

　それに対して、聞き手の猫・オオツカは、「ウナギはオレ（猫オオツカのこと・論者注）も好きだよ。ずっと昔に一回食べたきりで、どんな味だったかよく思い出せないけどな」と感懐を述べた。ここでうなぎの話題は切れ、猫が迷子になった理由の一つである性欲に変わった。性欲が理解できていないナカタは、「経験はありませんが、だいたいのところはつかんでおります。おちんちんのことでありますね」（上 P.83）とオオツカに確認した後、うなぎを食べたことのある猫オオツカが若かった時、性欲のために迷子になったことを振り返って、「性欲というのは、まったく困っものなんだ。でもそのときには、とにかくそのことしか考えられない。あとさきのことなんてなんにも考えられないんだ。それが…性欲ってもんだ」（上 P.84）と感慨を漏らした。性欲のことがよく分かっていないナカタだが、ナカタが四国で佐伯に対面し「私はその部屋でもういちど15歳の少女に戻り、彼（カフカのこと・論者注）と交わりました。それが正しいことであれ正しくないことであれ、私はそうしないわけにはいかなかったのです」（下 P.290）と言われた時に、「正しいことであれ、正しくないことであれ、すべての起こったことをそのままに受け入れて、それによって今のナカタがあるのです」（下 P.290）と返事した。性欲の功罪を論ずるより、起こってしまった事である以上、そのまま受け入れるべきだと、性欲に詳しくないナカタが性欲について結論を下したことは、基本的には欲望

を肯定したと言える。『海辺のカフカ』においては、うなぎの高価な一面と大好物という一面が強調されるだけで、直接の性的イメージは描かれていない。しかし、うなぎの話題に続く性欲の話題やうなぎを食べたことのある猫オオツカが性欲のため迷子になったこと、また性欲に詳しくないナカタが性欲について評論したことは、間接的にうなぎの持つ性的なイメージを喚起するように感じられよう。

5．4　「うなぎ」が持つメディウム的意味

　熟睡状態を仲間とするうなぎとの友好を述べた「うなぎ」（1986）はさておき、『ノルウェイの森』（1987）においては、うなぎは「性」・「生」のイメージを持って登場した。『海辺のカフカ』（2002）では、うなぎは高価な一面と性欲が分からないナカタの大好物な一面が強調されただけだが、その後猫オオツカと交わした性欲の話題、佐伯にアドバイスした性欲の話と一緒に考えると、顕在的な性的イメージで登場した『ノルウェイの森』のアンチテーゼとして、潜在的な欲望のイメージで『海辺のカフカ』に登場したと言えよう。

　その1年後、村上春樹が「うなぎ説」（2003）を披露した。「うなぎ説」で強調した、不可欠の第三者、他者と視点を共有することを指標に、『ノルウェイの森』と『海辺のカフカ』において共通に見られるうなぎの持つ「性」のイメージに注目すると、そこには「オルターエゴ」としての生

命欲や性欲が浮かび上がってくる。とはいえ、『ノルウェイの森』と『海辺のカフカ』のうなぎが持つメディウム的意味は、まだ十分明確に形象化されたとは言えない。しかし、「うなぎ説」の発表から11年後の「シェエラザード」（2014）では、うなぎが持つメディウム的意味がより明確な形で表現されている。描き方により、うなぎの持つメディウム的意味は潜在化されたり、顕在化されたりするが、その根本では人間の持つ根源的な生命欲、性欲を描くという点では変わりはない。

６．結論——村上春樹文学のメディウムとしての「うなぎ」

　村上春樹の興味深い「うなぎ説」を読んで始めた本論文では、「うなぎ説」の由来と主張から、書き手と読者を繋げるうなぎのメディウム性に気づいた。それで、村上春樹文学におけるうなぎの形象とメディウム的意味を探ってみた。

　仲間とするうなぎとの友好関係を述べた「うなぎ」（1986）のエッセイには、あまり説明は見られない。『海辺のカフカ』では、うなぎが持つ「性」的イメージが他の２作ほど強く打ち出されていないが、性欲に対するアンチテーゼのような描き方には意味が認められている。『ノルウェイの森』に出たうなぎは性的なイメージを持つ以外に、死を象徴する直子と対照的に生を象徴する存在の緑に纏わ

る活気ある生のイメージも共有する。「シェエラザード」
では、前世がやつめうなぎだったシェエラザードは、その
「生」・「性」・「静」を兼ね備えたやつめうなぎに同化
し、性欲に触発され35歳の中年女性の肉体に閉じ込められ
た17歳の少女に立ち戻り、報われない恋を成就した。と同
時に、相手の男性（羽原）までをやつめうなぎに同化させ
たのである。性欲に触発されたセックスが同一人物の体に
存在している35歳の中年女性と17歳の少女を連結させ、
またそれによってセックスの相手（他者）までをやつめう
なぎに同化させ、連結が出来たとも言えよう

　前述のように、今までの村上春樹作品の中で、「シェエ
ラザード」ほどうなぎが持つメディウム的性格が顕在的に
稼動している小説はない。村上春樹の言う第三者、他者と
共有する視点を含めて言う「うなぎ説」と照応させて考え
てみると、人間の持つ根源的な「オルターエゴ」と言える
生命欲や性欲を普遍的メディウムとして、「治癒行為」ま
たは自己治癒を可能にさせる構造の形象化を目指す村上春
樹の作品は、さらに世界へと羽ばたき、広がり、孤立した
人々を相互に結びつけていくに違いない。

※　本論文は、淡江大学村上春樹研究室による主催の「2014
　　年第3回村上春樹国際学術研討会」で口頭発表したも
　　のを修正、加筆したものである。

テキスト

村上春樹（2002）『海辺のカフカ（上）』新潮社

村上春樹（2002）『海辺のカフカ（下）』新潮社

村上春樹（2014）『女のいない男たち』文藝春秋

参考文献

書籍・機関論文

西角井正慶編（1987・初 1958）『年中行事事典』東京堂
　出版

田辺貞之助（1962）『古川柳風俗事典』青蛙房

ロラン・バルト著 渡辺淳、沢村昂一訳（1985・初 1971）『零
　度のエクリチュール』みすず書房

村上春樹（2002）『村上春樹全作品 1990-2000 ①短篇集 I 』
　講談社

柴田元幸編訳（2004）『ナイン・インタビューズ 柴田元幸
　と 9 人の作家たち』アルク

今井清人編（2005）『村上春樹スタディーズ 2000-2004』
　若草書房

井田徹治（2007）『ウナギ 地球環境を語る魚』岩波書店

柘植光彦編（2008）『国文学 解釈と鑑賞 別冊 村上春樹 テー
　マ・装置・キャラクター』至文堂

内田樹（2010）『もういちど村上春樹にご用心』アルテス

パブリッシング

インターネット資料

「写真家八木直哉×『どうぶつのくに』」http://www.
doubutsu-no-kuni.net/?cat=63（2014 年 5 月 25 日閲覧）

富山大学理学部生物学科　山崎研究室「やつめうなぎの種
分化」http://www.sci.u-toyama.ac.jp/bio/yamazaki-lab/lamprey/
speciation.html（2014 年 5 月 25 日閲覧）

安倍政権の「誇りある日本」と村上春樹の「小確幸」—メディウムの発信力の活用—

蔡　錫勲

1．はじめに

　「誇りある日本」は、安倍政権が目指す新しい国のかたちである[1]。野田前政権も 2011 年 12 月 24 日に閣議決定された『日本再生の基本戦略～危機の克服とフロンティアへの挑戦』で、「誇りある日本」（P.1）を取り戻す意欲を示した。ジャパン・アズ・ナンバーワンは日本の誇りを示す代名詞である。野党時代だった自民党の 2010 年版マニフェストは「いちばん」をキーワードとして、「いちばんがあふれる日本」を取り戻そうとしている。外国人から見ると、日本人のこれまでの悲観的な反応はあまり過剰である。バブル崩壊前の経済成長シンドロームで国の名声を判断する傾向が強すぎる。ここまで多くの誇りを造り上げて、どうして悲観論に陥ってしまうか。いわゆる贅沢な悩みである。

1　詳しくは、自民党の 2012 年版と 2013 年版マニフェスト、2014 年 1 月　 1 日の安倍晋三首相の年頭所感を参照のこと。

誇りへの判断基準においては、経済成長だけではなく、社会の進歩も重要な要素である。

『ジャパン・アズ・ナンバーワン―アメリカへの教訓』は日本経済が世界一だと主張しているとよく誤解されてしまう。仔細に読み返してみると、その内容は第1部日本の挑戦（アメリカの「鏡」、日本の奇跡）、第2部日本の成功（知識―集団としての知識追求、政府―実力に基づく指導と民間の自主性、政治―総合利益と公正な分配、大企業―社員の一体感と業績、基礎教育―質の高さと機会均等、福祉、犯罪のコントロール）、第3部 アメリカの対応（教訓―西洋は東洋から何を学ぶべきか）などである。同書は日本が世界一の経済大国だと主張したのではなく、むしろ日本は数多くの分野で成功を収めており、その成果はアメリカへの教訓であると論じたものである。

現在日本で起きていることも重要であるが、日本人の気質、文化、思考回路、こういったものを深く理解すべきである。多くの人工物は、時間が経つと消えてなくなるが、古き良き「日本らしさ」は日本社会からは簡単に消えない。普段の暮らしではあまり意識していないけれども、まだまだ多くの良さが存在する。多くの「当たり前」には脱帽するしかない。しかし、日本の誇りを議論する時に、ナショナリスト[2]の主張に捉われがちである。例えば、藤原正彦教

2　菅直人元首相は2014年2月22日、安倍政権の政治姿勢について「保

授の『国家の品格』は、すべての日本人に自信と誇りを与える日本論であり、日本に必要なのは、論理よりも情緒、英語よりも国語、民主主義よりも武士道精神であると主張している。

ここでは、過度なナショナリズムを排除して、固定観念に捉われずに、過去、現在、そして遠い将来をつなぐ日本の誇りの深み、醍醐味をしっかり見極めていく。千思万考の結論を先取りすれば、「誇りある日本」を取り戻すよりも、「古き良きもの、新しき良きもの」に対して、意識・維持・発信することこそが正論である。

2．日本の誇りとは何か

環境、微妙に保たれる秩序ある社会、老舗大国、日本人のおもてなしの心、礼儀正しく親切な人々、多くの文化遺産と自然遺産、繊細な伝統文化、細かな技術や職人芸的なもの、美意識、温泉旅館、新幹線、東京の鉄道網、電車の定時運行、教育水準、街中の清潔、治安の良さ、長寿社会、四季の恵み、豊富な清潔な水、安心・安全な食べ物、東京

守政権というよりは、ナショナリスト政権だ」と批判した。詳しくは、「菅元首相『安倍政権はナショナリスト政権』　維新・みんなにも批判の矛先」『MSN産経ニュース』、2014年2月22日付を参照のこと。
http://sankei.jp.msn.com/politics/news/140222/stt14022215540004-n1.htm
（2014年2月22日アクセス）

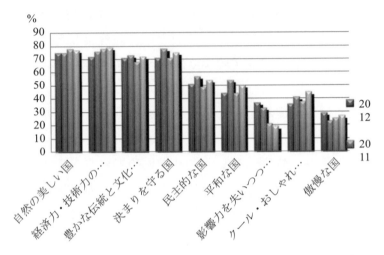

（出所）交流協会の各年度の「台湾における対日世論調査」に基づき、著者作成。

図1　台湾人の日本に対する主なイメージ（複数回答可）

のミシュランの星付きレストランの多さ、ハイテク自動販売機、エキナカが外国人に高く評価されている。

　公益財団法人交流協会の4回の「台湾における対日世論調査」によると、自然の美しい国は、いつも高得点の項目である。2012年度の調査結果によると、自然の美しい国（75%）、経済力・技術力の高い国（72%）、豊かな伝統と文化を持つ国（71%）、決まりを守る国（71%）、民主的な国（51%）、平和な国（44%）、影響力を失いつつある国（37%）、クール・おしゃれな国（36%）、傲慢な国（29%）が台湾人の日本に対する主なイメージである（図1）。

　また、「第二の戦後復興」と言われる東日本大震災にお
いて、日本人の秩序ある対応は世界の人々を驚嘆させた。
国際社会がこぞって賞賛したのはあの悲しみと瓦礫の中で
何の騒乱も起こさず並び、待つ被災者の姿であった。ここ
では、この二点を取り上げ、分析する。

２．１　自然の美しい国

　台湾の観光客は北海道の自然が好きであり、富良野のラ
ベンダー畑を絶賛している。台湾はある程度脱工業化した
後、環境を重視する余裕を持つ。都市や工業地域に住んで
いる方々は、休暇は自然の美しいところに出掛けたいと考
える。だから、環境保全は観光産業を支える。人間は自然
の中での構成要素にすぎない。自然があってこそ、私たち
は暮らしていけるのである。

　戦後、台湾の川には魚がたくさんいた。その後、工業化を
目指し、工場の建設ラッシュが起こり、製品をアメリカなど
の先進国に輸出し外貨を稼いだ。台湾は経済発展を遂げたが、
周りの環境はずいぶん破壊された。代償として環境汚染のた
めに80年代から90年代までに川から魚の姿は消えてしまっ
たのである。90年代から、台湾は工業廃水を徐々に厳しく規
制し、汚染源になる工場を中国に移転し、台湾本土から工場
の廃水と煙突が消えつつある。近年川には魚の姿は戻ってき
ている。その種類も増えている。しかし、大部分の川がセメ
ントで作られたので、魚の生息のための水草は足りない。

　台湾工業化のプロセスのように、今や中国と東南アジア
諸国は経済発展を優先するために、急速な工業化による大
気と川の汚染問題に悩まされている。肺炎患者が多い。食
の安全問題も多発している。安心・安全な食べ物＝高価と
いうモデルが形成されてしまう。大気汚染の悪影響を受け
て、北京への観光客は遠慮する。

　日本は台湾より先に工業化したから、高度経済成長期に
は、環境汚染の問題も深刻であった。日本は見事に汚染問
題を克服し、アジアのモデルとして課題解決先進国になっ
た。現在、日本の環境技術はアジアの公共財として、中国
と東南アジア諸国に輸出し、現地の汚染問題対策になる。
この成果は環境版のジャパン・アズ・ナンバーワンである。

　アメリカのアル・ゴア（Al Gore）元副大統領は『不都合
な真実（An Inconvenient Truth）』というドキュメンタリー
映画で地球温暖化の問題を取り上げ、瀕死の状態にある地
球の現状を訴え、世界的な反響と反省を呼び起こした。ゴ
ア元副大統領は北極の氷が解け始め、渡り鳥が減少し、米
大陸に牙をむく巨大ハリケーンなどの自然災害が増え続け
ていることを警告し、地球を愛し子供達を愛する全ての人
へ「地球の裏切りか？人類が地球を裏切ったのか？」とい
う疑問を投げかけた。これら一連の活動は、環境問題に関
する大きな配慮を人類に求めている。2013 年、ゴア元副大
統領は The Future: Six Drivers of Global Change で、水、土地、
ゴミなどの環境問題を改めて指摘している。

　地球規模の気候変動問題が懸念され、環境の問題を議論する際に、サステイナビリティ（持続可能性）は多用される言葉である。東京大学サステイナビリティ学連携研究機構（IR3S）[3]は地球温暖化対策と経済成長の両立に関する世界的な研究拠点である。IR3S の主張によると、過去の百年間、地球は小さくなった。20 世紀の無限の地球は 21 世紀の有限の地球になってしまう。世界の人口は増えつつある中、食料問題はまだ解決されておらず、解決への確かな方法も未確定である。気候変動は寒波、干ばつ、洪水、超大型台風をもたらし、食料の問題を悪化させている。異常気象はどこまで悪化するか。先進国と途上国の二極化を避けるために、ともに発展していくことは欠かせない。サステイナビリティを議論する際に、先進国と途上国の相互利益及び行動が求められており、そのためのインセンティブが欠かせない。実際の利益を生み出せば、それに反応し人々は素早く動く。工業生産と地球環境の変化には不均衡が深刻さを増している。その不均衡を解消するために、ビジネスチャンスが生じる。環境技術の市場価値が高まってくる。

２．２　東日本大震災の中の秩序

　歴史上、日本はいろいろな災害に見舞われてきたにもか

3　著者は 2008 年 7-8 月、東京大学サステイナビリティ学連携研究機構に研究員として在籍する機会を得た。

かわらず、その都度見事に立ち直ってきた。日本社会の秩序の根幹が東日本大震災によって再び証明された。日本人がこの歴史的な災禍で略奪や暴動を起こさず、相互に助け合うことは全世界でも少ない優れた国民性である。それは被災者というだけではなく、日本人が日常的に志向する行為や態度でもあったわけであるが、それが極限状態で、より鮮明に強く現れた、ということである。社会はいい意味での秩序志向やバランス感覚、民意の高さがある[4]。

　2011 年 3 月 11 日（金）午後 2 時 46 分、国内観測史上最大のマグニチュード 9.0 の東日本大震災が発生し、大津波が押し寄せた。東北太平洋沿岸地域は壊滅的な打撃を受け、町一つが丸ごとなくなってしまうほどの被害が出た。何より、想定を超える大津波によって福島第一原発が制御不能に陥り、問題が深刻化した。それにより、放射性物質の汚染が拡大し、国内外で風評被害が広がった。日本はこの多面的な前代未聞の危機で甚大な被害を受けた。福島第一原発の周辺は不思議なほど静寂な世界になった。

　この大震災が日本国民の最たる美徳を見せてくれた。この災禍は人の命を奪い、住所や働く場所を奪い、一時期は食料から水までも奪い去ったのだが、日本人の魂を奪うことはできなかった。被害状況が日々明らかになる中、被災

4　2014 年 1 月 14 日、筑波大学の菱山謙二名誉教授の指摘に基づき、著者整理。

者は礼節を忘れず、絞り出すような言葉は強く、謙虚で、美しくすらある。救助されたお年寄りが「すみません。お世話になります」と丁寧に挨拶していた。避難場所の人々は食料や水を求めていても、整然と列を作った。ものを盗んだり争ったりする人々は皆無に近い。福島第一原発の周辺住民は避難する時に、交通渋滞に巻き込まれても交通ルールを守って、ガラガラの対向車線に進入しなかった。

　3月11日の大震災は金曜日であったから、翌日の土・日は休みであった。3月14日の月曜日、皆は相変わらず職場に向かった。首都圏では、計画停電と電車運行の乱れがあっても、彼らは長い行列を作って電車を待ち、会社に向かった。計画停電を受けて、運休となった路線駅のバス停やタクシー乗り場も行列が作られるなど、出勤難民の状況が見られた。暫くの間、鉄道各社の減便も続いた。停電となった地域では信号のライトが消灯されたので、警察官は手信号で対応した。

　『ジャパン・アズ・ナンバーワン―アメリカへの教訓』が賞賛する「公正な分配」は、今回の大震災でも生きている。結果平等を重視する日本では、全員平等に入手できることが保証され、秩序は保たれた。被災地の秩序には、日本人の道徳心の高さだけではなく、公正な分配が保証されていることがあった。分配者に対する信頼が、大震災でも秩序を維持したのである。この結果、平等のシステムは日本を覆い尽くしている暗澹たる状況に差す一条の光であっ

た。日本人の基本的な性格として、誰もがそうだというわけではないが、傾向的には、秩序こそ安心・安全というものがある[5]。

なぜ、日本の被災者はこんなに冷静に、他者への配慮にあふれた行動を取れるのかという多くの外国人の疑問に対しては、「それは日本人だから」と返事するしかない。今回の大震災には、「絆」とか「コミュニティ」とか、一致協力する運命共同体の姿勢が出てきている。連帯感を持つ強靱な民力は日本社会の強さである。外国人が日本の底力に感嘆した所以である。外からでは分からない、マスコミが報じない誇りのある被災者の行動がまだたくさんある。

３．「小確幸」という新しき良きもの

人間は物心両面の幸福を追求する。どちらかが欠けていては、それは人間にとって幸せではない。構想日本の加藤秀樹代表は、団塊世代の幸せについて以下のように主張している[6]。

「国としての成長至上主義が頭をもたげてきている。経済の成長が国民の生活を支えるために重要な条件である

5　2012 年 3 月 1 日、筑波大学の菱山謙二名誉教授の指摘に基づき、著者整理。

6　2013 年 12 月 26 日、構想日本という政策シンクタンクからのメールマガジン。

が、社会は実は一人ひとりの個人から成り立っている。国民の関心事が消費税のような生活に直結するものであり、物質的なものに傾いている。団塊世代の子どもの頃、決して今のように豊かではなかったが、国民の一人ひとりが幸せだった時代があった。一人ひとりが、お互いに助け合いながら、前を向いて明るく生きていた。一日一日を生きる人々の顔に輝きがあった。」

　1970 年代には、日本人はエコノミックアニマルと揶揄されていたが、今や日本はもはや経済覇権を狙う存在ではない。2010 年、経済大国二位の座を中国に譲っても、文化大国と呼ばれた方がいい。台湾における日本語学科の学生数の多さは、日本の文学は文化産業として、海外に展開する日本の誇りであると証明した。

　かつて台湾の国民党政府は、長い間日本に関する情報流入に対して制限を設けていた。1980 年代以前に日本語専攻の学科を設置していたのは淡江大学、輔仁大学、東呉大学、中国文化大学の四つの私立大学のみであった。1980 年、対日貿易赤字を改善するため、政府の戦略的な梃子入れによって、国公立大学としては初めて国立台中商業専科学校[7]に応用外国語学科が設置され、知日派人材が育成されることとなった。これは国公立学校で日本語学科を設立できないというタブーを打ち破ったものの、「日本」を学科名に出

7　国立台中科技大学の前身。

してなかった。1990 年代には、多くの大学に日本語学科が設けられた。なおかつ、IT 革命とともに、若者の間で日本文化への人気が一気に広まった。

　村上春樹は、日本の作家の中でノーベル文学賞の最有力候補と見なされている。『色彩を持たない多崎つくると、彼の巡礼の年』は、2013 年の書籍の年間ベストセラーの第一位になった。東京大学では、「村上春樹研究会」が作られた。淡江大学でも、「村上春樹研究センター」が設置された。村上の「小確幸<ruby>小確幸<rt>しょうかっこう</rt></ruby>」は、台湾の新しい外来語になり、マスコミやコンビニの 7-11 などで頻繁に使われている。

　NHK は 2013 年 10 月 8 日、「東アジアで人気　村上春樹の "小確幸"」と題した解説を行った。「小確幸」の意味は「小さいけれども、確かな幸福」ということである。村上に影響を受けて小説を書いている「村上チルドレン」も現れた。この NHK 解説は、「小確幸」の人気の秘密について以下のように解析している[8]。

　「東アジアの若者たちは、今、あたかも高度経済成長当時の日本のように、激しく経済成長が進む中で、社会に揉まれながら学び、働いている。『村上春樹研究会』の留学生は、そうした社会に翻弄される東アジアの若者たちが、

8　詳しくは、菊地夏也の「東アジアで人気　村上春樹の "小確幸"」という NHK 解説を参照のこと。
　　http://www.nhk.or.jp/kaisetsu-blog/700/169611.html　（2014 年 2 月 4 日アクセス）

村上さんの小説の主人公や村上さん自身のように、大きな社会の動きと一線を画したところに、ほっとするひと時を感じたい、日々の暮らしの中で自分なりの『小確幸』を見つけたい。」

「小確幸」は心を癒す効果が効き、不景気の時代には、その効果がもっと大きい。ただし、台湾では「小確幸」はやや暗いイメージを持ち、政府の不能を揶揄するとして、使われている。本来なら、政府は国民のために、大きな目標と幸福の「大確幸」を創造するはずである。それは無理だから、「小確幸」をしか追求できない。

『色彩を持たない多崎つくると、彼の巡礼の年』は、「中確幸」という夢と希望を読者に与える。なぜならば、一億総中流は日本経済の発展モデルである。主人公は中産階級の暮らしを送っている。村上は安倍首相と同様に、大きな方向性を示した後、皆がついてくる。「北へ」は今回の方向性である。主人公は名古屋の実家から北における東京に行く。初めての海外旅行は、北欧のフィンランドである。

「色彩を持たない」に加えて、「大学2年生の7月から、翌年の1月にかけて、多崎つくるはほとんど死ぬことだけを考えて生きていた」（P.3）は、ストーリーの最初の言葉である。この内容は長引く不況と東日本大震災に強いられる多くの方々の苦境を反映している。「彼の巡礼の年」は、アベノミクスが2013年、希望を国民に与えた姿勢と重なっている。

「良いニュースと悪いニュースがある」は、この本の帯

のキャッチフレーズである。帯のキャッチフレーズは、読者が思わず手に取りたくなる日本的やり方である。また、帯には「多崎つくるにとって駅をつくることは、心を世界につなぎとめておくための営みだった。あるポイントまでは……」と書かれている。読者は主人公になることを想像して、夢のような暮らしと旅を享受するため、『色彩を持たない多崎つくると、彼の巡礼の年』は、読者の心を世界につなぐ駅だと言える。

　このストーリーは大きく三つに分けられる。第1章や第2章の代わりに、村上は「1」、「2」の書き方を採用する。「1-13」は東京暮らしと国内旅行である。「14-17」は海外旅行と国際結婚の家庭生活を描く。最後の「18」と「19」には帰国の雰囲気と世界一のJR新宿駅がある。各章のはじめには、ある特定のキーワードで主人公の居場所を描写する。具体的には以下の通りである。

　「1」には、「生卵をひとつ呑む」（P.3）は日本の食文化である。新鮮な生卵でないと、そのまま食べられない。鳥インフルエンザが発生する現在、日本の生卵は安心・安全な食べ物であると感じられる。「2」には、「新幹線」（P.29）がある。日本新幹線の安全性と快適さは世界一である。新型車両[9]が次々と営業運転を始める。乗客や鉄道フ

9　「北陸新幹線の新型車両、東京―長野間でデビュー」『読売新聞』、2014年3月15日付。
http://www.yomiuri.co.jp/national/news/20140315-OYT1T00334.

ァンは最新鋭の技術を搭載した最高の新幹線に乗るのを楽しんでいる。安倍政権は新幹線や鉄道などのパッケージ型インフラの海外展開を積極的に推進している。地震大国でも長期間かつ安全に運転できている実績は日本の強みである。台湾への初の新幹線輸出はインフラ整備の国際展開の里程標である。「3」には、「水鳥」（P.44）がある。自然環境がいいから、水鳥がいる。「4」には、「駅」（P.52）がある。日本の鉄道は世界最先端である。東京の地下鉄は世界一である。エキナカはとても便利であり、世界のどこにも見られないものである。これは日本の鉄道をタイに輸出する時に、使われた日本の強みである。日本は日本式生活インフラを新たな稼ぐ力として輸出している[10]。「5」には、「東京の大学」（P.73）がある。東京は世界的な大都会である。日本人にとっては、上京の言葉がある。新幹線や鉄道において、「上り」「下り」の表現が用いられる。「上り」は、主に東京方面に向かうことで、「下り」はその逆方向に向かう電車を指す。「6」には、東京の「恵比寿のバー」（P.97）がある。居酒屋より、バーは外国の雰囲気が

---

　htm?from=main9　（2014 年 3 月 15 日アクセス）

　「足湯付き『とれいゆ』…山形新幹線デザイン一新」『読売新聞』、
　2014 年 3 月 22 日付。
　http://www.yomiuri.co.jp/national/news/20140321-OYT1T00156.
　htm?from=navlp　（2014 年 3 月 22 日アクセス）

10　詳しくは、2014 年 1 月 12 日の NHK『シリーズ "ジャパンブランド"
　　第 2 回 "日本式" 生活インフラを輸出せよ』を参照のこと。

ある。

　「7」からは国内旅行の内容である。「7」には、「九州
の山中の温泉」（P.112）がある。温泉は日本暮らしの一部
である。箱根温泉、熱海温泉、有馬温泉などの老舗旅館に
おいて、女将は先人からの伝統を受け継いで、日本の宿文
化・旅文化を守っている。大女将と若女将は代々継がれ、
おもてなしで旅人の心身を癒す。小さな気配り、心配りを
重ねることがおもてなしの基本である。老舗旅館は一期一
会の感動と、感謝の気持ちを大事にする。和室で日本茶を
飲んだり温泉に入ったりすることによって、旅人の疲れが
癒されていく。生け花は老舗旅館の魅力の一部である。池
坊は生け花の 1,400 年の伝統と文化を受け継いでいる。「百
聞は一見に如かず」がおもてなしの醍醐味である。魅力的
な顧客体験が何より重要である。外国人は毎日のように大
量の日本の情報を、メディアを通して入手できる。実際に
日本に足を運ばなくても知識は得られるという風潮がある
ことも事実である。自分の目で見たこと、体験は一生の宝
物である。

　おもてなしは、2013 年 9 月 7 日（日本時間 8 日朝）、
2020 年オリンピックを決める IOC（International Olympic
Committee）総会の最終プレゼンテーションにおける滝川ク
リステルの演説でも、東京の優位性のキーワードとして使
われた。昔からおもてなしの概念が存在し、それは普段の
暮らしに根づいている。おもてなしは特別に意識すること

なく提供されるサービスである。おもてなしは、歓待、細やかな心遣い、気前の良さ、無私無欲の深い意味合いを持つ言葉である。それは先祖から受け継がれ、現代の日本の文化にまでしっかり根付いているものである。その背景には日本独特の風土があるため、外国人には簡単に真似のできない文化である。このおもてなしの精神は、なぜ日本人が顧客にその思いやりで接しているのかを説明するものである。レストランの店員はセレブや庶民を区別せず、笑顔で顧客を迎えている。

　「8」には、「灰田は秋田に帰郷した」（P.127）は、日本の田舎を映す。秋田美人という言い方があるが、東北には侘び・寂びの美意識もある。「9」には、「銀座」（P.135）がある。銀座は高級ブランドと老舗の街である。いわゆる大人の街といったイメージがある。その魅力は増している。買い物客は多様化しつつある。キーワードは訪日観光客の富裕層である。とりわけ、中国からの観光客である。その結果、銀座は日本の銀座からアジアの銀座へと変身している。「10」には、「名古屋の実家に戻った」（P.151）がある。名古屋の近くには、トヨタ自動車の本社と工場がある。トヨタ自動車の高収益のおかげで、従業員の給料が高くなり、名古屋の経済も比較的に元気である。東京品川 - 名古屋間のリニア新幹線の建設が決定された。完成した後、最高時速 500km で東京 - 名古屋を最短 40 分で結ぶ。「11」には、「レクサスのショールーム」（P.178）がある。レクサスは

トヨタ自動車の高級車である。「12」には、「東京のすまいに戻った」（p.208）がある。「13」には、「週末、つくるはジムのプールに行く」（p.230）がある。長引く不況でも、主人公は優雅な生活を暮らしているようである。

　「14」には、「ヘルシンキの空港で降りる」（P.247）と「メルセデス・ベンツに乗り込み」（P.247）は、ゴージャスな「初めての海外旅行」（P.247）である。ヘルシンキ空港はフィンランドにある。初めての海外旅行なのに、いきなりヨーロッパである。しかもフランスやイギリスのような観光大国ではなく、自然が満喫できる北欧諸国である。一般的な観光客はあまり行けないから、読者が夢の世界に引き連れられていく。「15」には、「七時にウェイクアップ・コールがかかってきて」（P.263）がある。これはホテルに泊まる風景である。

　「16」には、「『コーヒーをいれようか？』と夫が日本語で妻に尋ねた」（P.281）はラブストーリーのように、女性の心に沁みるセリフである。女性の読者は日本男性の亭主関白より、外国人夫の優しさに抵抗できない。逆に、「お〜いお茶」は日本の伊藤園飲料のキャッチフレーズだけではなく、亭主関白の一言とも言える。旦那は妻の名前の代わりに、「お〜い」と呼んで、「お茶」を入れてもらいたい。「17」には、「エドヴァルトと結婚し、フィンランドまでやってきた」（P.311）がある。これは西洋人との国際結婚の暮らしを記述するものである。

　「18」には、「余った二日間、つくるはヘルシンキの街

をただあてもなく歩いて過ごした」（P.331）がある。主人公はツアーに参加していないようである。一般的な観光客は、観光バスに乗って、観光名所を見たり買い物をしたりする、というハードなスケジュールがある。主人公はのんびりしていた。「東京に戻る前に」（P.331）は、海外旅行から帰国するイメージである。「駅から携帯電話でオルガに電話をかけ、礼を言った」（P.331）は、国際電話をかけることである。主人公は礼儀正しい国際派である。最後の「19」には、「新宿駅は巨大な駅だ。一日に延べ350万に近い数の人々がこの駅を通過していく。ギネスブックはJR新宿駅を『世界で最も乗降客の多い駅』と公式に認定している」（P.348）がある。JR新宿駅は世界一だというのは、読者に日本の駅への誇りを意識・発信するようである。この姿勢は安倍政権の「誇りある日本」と同様である。

4．むすび

　安倍首相人気の背景には、メディウムの発信力を巧みに利用することが挙げられる。誇りの価値は金銭で測りきれないものであり、金銭で買えない部分もある。経済成長に偏る選択的注意は、他の誇りの存在を無視しがちである。社会の進歩は、経済成長で表されるような量的なものだけでなく、日々の暮らしの質的なものもある。再びジャパン・アズ・ナンバーワンの時代のように、日本は世界を舞台

に活躍する夢を持つ。夢があるからこそ、人間は生き生きする。夢を実現した人には夢はない。彼はすでに夢の中に住んでいるからである。実は豊かすぎる日本社会で生活している日本人は、一部の古き良き夢の中に住んでいても、気が付かない。

　『色彩を持たない多崎つくると、彼の巡礼の年』は、安倍政権が目指す「誇りある日本」のアプローチとほぼ同じであり、情報の流れを創りだしている。夢と希望は両方の共通キーワードである。安倍首相はかつてのジャパン・アズ・ナンバーワンの輝きを取り戻そうとして、2013 年の世相を漢字ひと文字で表す「今年の漢字」は「夢」がふさわしいと主張している。「小確幸」の代わりに、この小説はかつての一億総中流の「中確幸」という夢と希望を訴えている。

テキスト

村上春樹（2013）『色彩を持たない多崎つくると、彼の巡礼の年』文藝春秋

参考文献

エズラ・F・ヴォーゲル（1979）『ジャパン・アズ・ナンバー
　　ワン―アメリカへの教訓』（広中和歌子・木本彰子訳）
　　ティービーエス・ブリタニカ

藤原正彦（2005）『国家の品格』新潮社

ジョセフ・S・ナイ（2011）『スマート・パワー―21 世紀
　　を支配する新しい力』（山岡洋一・藤島京子訳）日本
　　経済新聞出版社

閣議決定『日本再生の基本戦略〜危機の克服とフロンティ
　　アへの挑戦』首相官邸　2011 年 12 月 24 日

交流協会「台湾における対日世論調査」交流協会台北事務
　　所　各年版

自民党『マニフェスト』自民党　各年版

Gore, Al(2013), The Future: Six Drivers of Global Change,
　　Random House

メディウムとしての有名性はいかに再生産されるか
—朝日新聞社の「WEBRONZA+」に見られる村上春樹を例に—

許　均瑞

1. はじめに

　1979年に群像新人賞でデビュー以来、村上春樹はミリオンセラーを連発、現代日本を代表する有名作家の一人として認知されている一方、国内だけでなく海外でも広くその作品が翻訳され、ノーベル文学賞の有力候補といわれている。純文学作家でありながら、彼の文学スタイルや作品への共感から「ハルキスト」と呼ばれる熱狂的な読者が存在することなどでさまざまな社会現象を引き起こし、まぎれもなく「超」のつく有名人でもある。そのため、それらの現象の中心である村上春樹の名声は文壇で論じられるのみならず、彼にまつわる様々な言説は社会や時代性という切り口からも生成されている。それは拡大再生産され、波及が波及を呼ぶことで形成された名声だといえよう。
　本稿では、村上春樹の有名性に注目し、その有名性がメ

ディウムとして働き、そこから村上春樹というスターの存在について、彼に関する言説にどのような記述が存在し、現代の文化空間を構成していくかを分析していきたい。

2．インターネット世界における有名性の力

　インターネットでの「村上春樹」の存在形態は興味深い。従来のネット空間における言説生成に関して最も簡単な図式をあげれば、無料の情報の「垂れ流し」がまず想起される。村上春樹の文体（いわゆる村上スタイル）の絶えることなき再生産が見られるほか、情報なども匿名記事の生産と摂取は無数の再生産を生み出している。本稿では従来の言説空間とは違う方向性を見せているネット空間に注目し、村上春樹への注目が提示されるにあたって、匿名ではなく「文責」の所在が重要視され、アピールされているメディア空間での有名性の構図を分析する。

　インターネットの普及にしたがい、公的・私的空間の混同による有名人とその有名性の新しい展開をもたらしながらも、その有名性をどのように定義するか、またその権力や影響力の有無をどのように分析するかという問題は一層難しくなっている。マーシャル（2002：iii）はこう述べている。

　　一九九〇年代後半のインターネットの出現は、オン

ライン経済、匿名のチャット・ルーム、電子メールといった、さまざまな現象を引き起こした。その主要な発達の一つは、個人・グループ・企業が展開するウェブサイトの爆発であった。ウェブサイトの爆発は、ある意味で、個人による名声追求の試みである。ウェブサイトは、文化内のより重要なメディア形式を持つ諸個人、有名性を望む諸個人の、個人的表現や欲望の回路として作用する。ウェブカメラ中継からスターに捧げられるファンの聖堂に至るまで、インターネットは、有名人文化を分散させることなく、有名になりたいという意志や公的人格の神殿に入りたいという欲望を強化した。

　マーシャルのこの見解は公的・私的領域にまたがる現代における有名性の構図を明確に指摘したものの、有名になりたいという意志の有無を個々人がコントロールできないインターネットの凄まじい力についてまでは分析できていない。すなわち、有名人の名声が本人の関知・希望していない領域でさらに拡大されていく事例では、本人の意志と関係なく、他人の表現に取り入れられることもある。村上春樹の名声がどのようにウェブサイトに組み入れられ、語られるかについて、以下ではウェブサイトの構造からその関係を分析していく。

３．オピニオンリーダーとその名声の樹立

３．１　事例：「WEBRONZA+」とは

　朝日新聞社がウェブ上に開設している言論サイト「WEBRONZA+」は、かつて紙媒体の形で出版されていた「月刊朝日」「論座」のコンセプトを引き継いだ有料コンテンツである。

　「WEBRONZA+」では、全ジャンルの執筆者を顔写真・学歴・経歴などを含むプロフィールと共に一覧できる。そして、執筆者が公開した論評にも執筆者一覧からアクセスできるようになっている。朝日新聞社の関係者が多く見られるものの、有名な評論家への執筆依頼も目立つ。この有料コンテンツについて、編集長はこう述べている。

（http://webronza.asahi.com/about.html、2014 年 5 月 12 日取得）

図１：「WEBRONZA+」のロゴ

WEBRONZA のロゴでは「R」の文字が力強く目立ち
ます。単なるデザインではなく、様々なジャンルの多
彩な「論」を扱っているからです。その「R」にいま、
3つの意味合いを込めていくことがとりわけ大切だと考
えています。まずは、Radical です。分からないことが
多すぎる今日だからこそ、ものごとの本質を根源的に
考えていきたい。次は、Rational。安易に情緒や感情に
流されず、理性的に理非曲直をとらえていく。そして、
いつも Relax。適度に緩く、良い意味での「遊び」を忘
れない。ウェブメディアの特性を生かした、しなやか
な論の座、WEBRONZA が少しでもみなさんのお役に立
つことができれば。心からそう願っています。／2012
年1月10日　WEBRONZA 編集長　矢田義一（http://
webronza.asahi.com/about.html、2014年5月12日取得）

この編集長の宣言からは、「WEBRONZA+」が強調し
たい論評への新しい位置づけが分かるだけではなく、現代
のメディアにおいてオピニオンリーダーが必要とされる条
件がよく表されていると思われる。正しさだけが至上価
値ではなくなっている現在では、むしろ物事の本質や理性
を理解した上での各自の「遊び心」が強調されるようになっ
てきた。それを簡単にまとめると、「WEBRONZA+」
では世の中の出来事がどのように呈されているかを看破す
るよりも、個々の執筆者の論説においてその個性や価値観

がいかに読者にとって斬新な視野をもたらすかが重要である。またそれが現代社会への批評として如何に読者にとって快く表現されるかを目指すことで、これまでのメディアにおける評論家の枠を超えることも志向している。そこから評論家へのまなざしがウェブメディアの自由度を最大限引き出すよう一新された、既存メディアに見られない論評を提供するという目標が設定されている。したがって、「WEBRONZA+」は「正しい論者」の存在は意図しておらず、「快く論じた」ものを読者に提供し、閲覧する愉快さを保障することこそがその目標である。

　なお、そのトップページには数多くの情報が載せられており（図2）、どの情報にもリンクをたどることでアクセスできることがネットメディアの特長であるが、閲覧行為そのものに空間内で最大限の自由度が与えられている。テーマや分野または人気順の記事一覧から、さまざまなルートからウェブ全体を自由に行き来できるように設計されている。読みたい記事からさらに関連テーマや記事へのリンクをクリックするだけで、記事が次々と目の前に展開していく。最新のものも過去のものも個々人の興味に際限なくつき合ってくれる居心地よさは、まさにこのスペースと伝統的なメディアとの違いを表している。

　ここで現代メディアの現象として、とりわけネット世界において最も注目すべきなのは、執筆者に関する情報の開示が明確なところである。執筆者のプロフィールは図3の

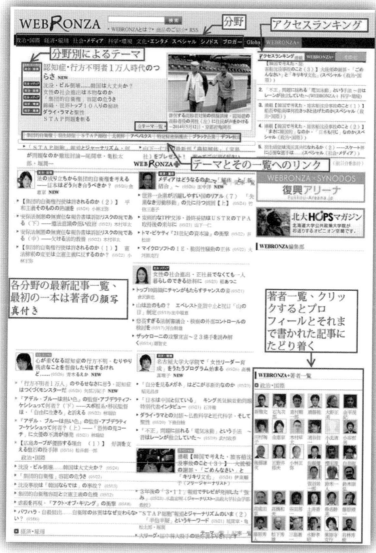

（http://webronza.asahi.com/ : 注釈は全て筆者）

図2　「WEBRONZA+」のトップページ

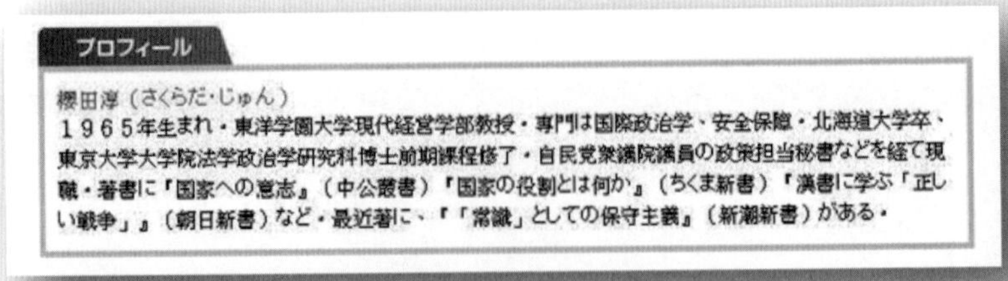
プロフィール

櫻田淳（さくらだ・じゅん）
１９６５年生まれ・東洋学園大学現代経営学部教授・専門は国際政治学・安全保障・北海道大学卒・東京大学大学院法学政治学研究科博士前期課程修了・自民党衆議院議員の政策担当秘書などを経て現職・著書に『国家への意志』（中公叢書）『国家の役割とは何か』（ちくま新書）『漢書に学ぶ「正しい戦争」』（朝日新書）など・最近著に、『「常識」としての保守主義』（新潮新書）がある・

（表2中記事12についてのもの）

図3　「WEBRONZA+」執筆者プロフィールの例

ように記事の最後に提示されている。

ここでは、匿名性の強いネット空間での情報に文責を求めるという転換を見出すことができる。すなわち、オピニオンリーダーの存在を求め、ニュースからもたらされた同時代社会の様々な出来事の意味とその解釈を提供することが、新しい言論空間の生成形態として見られる。それを考えてみると、新聞購読（記者がまとめたものを読者が受け取る）とある種同様な意味合いを持っている。ただ紙媒体と違うのは、リンクをたどれば手軽に当該執筆者の全発言にたどり着けることで、評論家としての一貫性の有無を確認したり、いつどこでもその言論体制を追跡したりすることが可能となっている。

つまり、一般市民でも論評への取捨選択を自ら行い、時空間の制限を越えて、新聞社というブランドを選択した上で、好き嫌いに合わせて自由に記事を閲覧していく。このようにネット空間という場で言論に透明性を持たせること

で、著名論者の論評にはただ論評するという以上の意味が
生まれる。すなわち、ネット空間にオピニオンリーダーを
求めること自体から、一種の意味作用が生成される。従来
のメディアとは違う、ネット上の「意味作用」、つまり「「意
味」の創出と転換という「作用」から成る」（中野2001：
158、傍点筆者）としてみることができ、コンテンツと購読
者の間における「内的メカニズム」（中野2001：158）が
重要な働きを示している。

　言うまでもなく、オピニオンリーダーの存在とそれに対
する需要は決して新しいものではないが、現在のネット空
間における「有名性」の発生について、個人というブラン
ドが企業の影響力を超えて絶対視されるようになるのは新
しい形態といえよう。

　　　このように、有名人地位の権力は経済・政治・芸術
　　的な共同体において出現し、それらの諸領域で成功を
　　差異化し、それを定義決定するやり方に作用する。有
　　名人地位は、人に、ある種のとりとめのない力を授け
　　る。社会において、有名人は他者についての声であり、
　　合法的に重要な存在であることでメディア・システム
　　に接続されている声である。（マーシャル2002：vii）

　無尽蔵な情報の提供が要求される現在、その視点の正し
さが逆に「売り」になっている現象の表れとして、有名人

と他者の関係に接点を提供したように思われる。そして、そのプラットフォームとして朝日新聞社というブランドを出した上に、有名人と他者との関係を売りにしている。こうした「WEBRONZA+」のような有料コンテンツでは、社会現象をいかに「正確に」描き出し、論評するかは、購読者の信頼を勝ち取れるか否かに関わる死活問題となる。したがって、論評者自身の有名性（名声）も必須条件となっている中で、村上春樹とメディアの関係において、その名声がどのように再生産され、相乗効果を引き起こすかについて、ひとつの視点を提供することになると思われる。

３．２　「WEBRONZA+」における村上春樹とそのテーマ

　2014 年 5 月現在、「WEBRONZA+」では、村上春樹と関連するテーマは表 1 に掲げた 6 つが提供されている。

表 1　「WEBRONZA+」における村上関連テーマ一覧

（2014 年 5 月）

テーマ番号	テーマ	記事数	掲載期間（西暦年月日）
A.	村上春樹 1Q84 の BOOK4 はあるのか	3	20100831-0901
B.	村上春樹氏の演説から考える核と日本人の関係	5	20110807-1008
C.	あなたにとって、村上春樹とは？	10	20110708-20121015
D.	村上春樹『海辺のカフカ』と蜷川幸雄	2	20120512-0620
E.	村上春樹が気になる理由	11	20111006-20130424
F.	村上春樹の新作は 100 万部に値するか？	7	20121015-20130517

　テーマに関する簡単な前文があり、その下に記事群があ
り、各々の表題をクリックすると当該記事が読める。同じ
記事が複数テーマに重複掲載されることもある（言い換えれ
ば、複数選択が可能な「タグ」がついている：図4を参照）。

　なお、テーマによって組まれた記事が重複するものもあ
るので、重複の有無が分かるよう構成した一覧表を以下に
示す。

表2　村上春樹を中心に組まれたテーマに分類された記事一覧

記事番号	テーマ番号	記事名	日付	著者	所属	分野
1.	A	オウムという時代の子だった青豆と天吾	2010 0831	川本裕司	朝日新聞編集委員	社会・メディア
2.	A	村上春樹と高円寺の深いつながり	2010 0831	三浦展	消費社会研究家、マーケティングアナリスト	文化・エンタメ
3.	A	これはまだ「プロローグ」にすぎない	2010 0901	宇野常寛	批評家、批評誌〈PLANETS〉編集長	文化・エンタメ
4.	B、C	被害者論ではない村上スピーチの奥行き	2011 0708	武田徹	評論家	文化・エンタメ
5.	B、C	"マドンナ"の歌う「村上春樹つまらない」	2011 1006	近藤康太郎	朝日新聞朝刊文化面、読書面、夕刊音楽面担当	文化・エンタメ
6.	B、C	ネズミと名乗る男の話	2011 1008	鈴木繁	朝日新聞編集委員	文化・エンタメ
7.	B、C	村上春樹をめぐる暴論に固執して	2011 1008	四ノ原恒憲	朝日新聞読書面担当	文化・エンタメ

8.	B、C	短編に生々しく残された村上春樹の思い	2011 1008	佐久間文子	朝日新聞社元読書編集長・編集委員	文化・エンタメ
9.	C	「暴力団組員」である一人の青年「カフカ君」	2011 1008	小野登志郎	ノンフィクションライター	文化・エンタメ
10.	C	ノーベル文学賞、ボブ・ディランにやっとけや！	2011 1018	近藤康太郎	朝日新聞朝刊文化面、読書面、夕刊音楽面担当	文化・エンタメ
11.	C、D	村上春樹『海辺のカフカ』と蜷川幸雄の物語空間とは？	2012 0512	小山内伸	評論家・専修大学准教授（現代演劇・現代文学）	文化・エンタメ
12.	D	村上春樹の声望と文学者の「政治」言説	2012 1015	櫻田淳	東洋学園大学現代経営学部教授	文化・エンタメ
13.	C、E	村上春樹が文壇・出版界に与えて［ママ］続けてきた衝撃とは？	2012 1015	鷲尾賢也	評論家（20140210死去）	文化・エンタメ
14.	D	ミュージカル・ファン待望の日本初演「サンセット大通り」	2012 0620	小山内伸	評論家・専修大学准教授（現代演劇・現代文学）	文化・エンタメ
15.	E、F	何だか拍子抜けして、気持ち悪かった村上春樹の新作	2013 0420	古賀太	日本大学芸術学部映画学科教授	文化・エンタメ
16.	E、F	村上春樹氏の新作に、トラウマに向き合う初の積極性を見た	2013 0420	小山内伸	評論家・専修大学准教授（現代演劇・現代文学）	文化・エンタメ
17.	E、F	邪推・暴論——村上春樹新作の「多崎つくる」は3・11の被災地や被災者そのものだ	2013 0424	大西若人	朝日新聞編集委員	文化・エンタメ

| 18. | F | 電子書籍への違和感（上） | 2013 0516 | 福嶋 聡 | ジュンク堂書店難波店店長 | 文化・エンタメ |
| 19. | F | 電子書籍への違和感（下） | 2013 0517 | 福嶋 聡 | ジュンク堂書店難波店店長 | 文化・エンタメ |

図4　テーマFの前文およびその記事群

　表 2 からわかることは、ほぼ全ての記事が「文化・エン
タメ」に分類され、それ以外に属している分類項目は「社
会・メディア」の記事のみ（一本）だということである。

　六つのテーマでは、半数は疑問を投じる形で提示されて
おり、E「村上春樹が気になる理由」まで加算すると、村上
春樹の存在が自明なものとして扱われていないようにみえ
る。30 年以上にわたり文壇で不動の位置を維持し続けてき
ている一人の作家として、村上春樹の名声がいかに興味深
いものなのかがわかる。内容から分類すると、『1Q84』お
よび『色彩を持たない多崎つくると、彼の巡礼の年』につ
いて、時代背景との関連性から論じるものから、村上の原
発についての発言をめぐる議論、そして彼の社会へのコミッ
トメントに触れ、執筆者個々の社会論を展開していくな
どのパターンが観察できる。

　　青豆と天吾が再会したあとのストーリーは『1Q84』の
　隠されたテーマと思われる「失われた 20 年の時代精神」
　ではなく、その後を描くことになる。しかし、その未来
　予想図の一端さえ村上をふくめ誰からもまだ示されてい
　ない。したがって、BOOK4 はない、と考える。（記事 1）
　　［『1Q84』が三冊にわたる大部の作品であることに
　ついて：筆者注］「父」になることへのためらいこそが、
　春樹の文学をこれまで支えてきたことは疑いようがな
　い。だからこそ、春樹が新しい問題を扱うための新し

い文学を獲得するためにはこれだけの分量が必要だったのではないか……と期待を込め、最大限に好意的な表現をここでは選択しようと思う。

『1Q84』のBOOK4はおそらく、ある。いや、あるべきなのだと思う。春樹が新しい文学を、それも世界視点で獲得しようと思うのなら。（記事3）

15のガキの考えてることはおっさんには分からないし、分からなくっていい。彼らには彼らの苦悩があり、団塊世代には団塊世代の闘いがあり、おれにはおれの地獄がある。ただ、分からないこと、想像力の欠如を、ご都合主義の鋳型に流し込んでカフカみたいな少年を造形するのは、昔の狂信的ファンには、悲しい。（記事5）

そして、これまで日本の文壇において数多くの伝説を作ってきた村上春樹について、これほどまでにその衝撃が論じられ続けてきたこともまた異例である。その市場への影響、文学作品のスタイル、そして読者の期待など、繰り返し投げかけられてきたその「有名性」への疑問は、村上春樹の時代性を示すばかりでなく、彼とメディアとの微妙な関係も物語っているように思われる。齋藤美奈子『文壇アイドル論』（2002）では、村上にまつわる社会現象について、こう語られている。

　シロウト読者が村上春樹を買うのは当然でしょう。消費者は放っておいても、気持ちのいいもの、楽しいものに流れます。ハルキランドの全盛期、街中のカフェバーに人が群がり「ドラゴン・クエスト」の新作が出るたびに電気屋に行列ができたのといっしょ。彼らは謎解きゲームに参画こそしませんが、読書中の脳はゲーム中のそれと酷似しているはずです。頭がゲームモードに入ってしまった人間はマスタベーション中のサルと同じで、スイッチが切れなくなってしまう。

　クロウト読者が村上春樹を論じるのも当然でしょう。消費者の親分＝パワーユーザーである彼らは、謎の解読に手を出さずにはいられないし、解読してしまった以上は「ファミコン通信」に手紙を書かずにはいれらない［原文ママ］。わたしだってそうだったのだから、よーくわかります。　（P.29）

　石田（1998：56）は、「カリスマとしての〈有名人〉現象は、メディアの存在なしにはありえない」「〈有名人〉と、彼ら・彼女らを〈有名人〉と捉える人々の間の関係性もまた、メディアを介してのみあらわれるものである」と、有名人とメディアの関係を明白に指摘している。齋藤（2002）で語られた社会現象もその構図の現れとして理解できる。村上の有名性はまさに「ハルキランド」で旋風を巻き起こし、作家としての卓越性が表現される以外にも、作品の吟

味・模倣などさまざまな言説が村上の有名性を構成していた。そしてほかの分野の有名人と最も違いを見せているのは、村上自身その「ランド」に足を踏み入れもしないし、一時期直接読者との交流もしていたものの、自ら（の作品）に関心を持つ者との接触・対峙を避けているようにさえ見えることである。したがって、村上自身がメディアへ頻繁に露出していない限りでは、彼の有名性はミリオンセラーの作家としてだけではなく、むしろメディアの有名人として繰り返し語られることでその力が増強され、影響力も次第に大きくなっているのだと思わせられる。

　ここで注目したいのは、村上の有名性が純文学の範疇を超えるところでメディアにおいてもどんどん拡散していくところ、そして一般評論家の間でもそのような「ゲームの解読」が繰り返されることである。ただ、ゲームそのものは作品の中ではなく一般社会への語り掛けが重要である。

　　〈彼〉の書くものは「ポップの国」の福音になったんだ。そこでは光あれと言えば光がある。枯れろと言えば無花果は枯れる。〈彼〉の名前のついた本は聖書みたいに売れた。あるいはコカ・コーラみたいに。
　　だからこそ、オウム真理教の事件は〈彼〉にとって深刻な問題だった。大震災もあったのに、〈彼〉はオウムを気にした。無理もない。尊師は個々の人間に夢想を与えた。信徒は家族や歴史とのくびきを捨てた。

　（中略）けれど、〈彼〉がポップから離れようとして
も、ポップの方で〈彼〉を離してくれないだろう。そ
う思わないかい。〈彼〉がポップなのか、ポップが〈彼〉
なのか、区別できなくなっているから。世界中に散ら
ばったリトル・ピープルたちは〈彼〉の居場所をロッ
ク・オンしようと耳を澄ませるだろう。（記事6）

　［村上春樹は同時代で呼吸した者にしか理解できな
いという思いがあるが：筆者注］でもね。そうすると
変なんですよ。年を経るに連れて、「60年代なんてい
つの話」という世代の人々が、春樹をどんどん読み始
める。まして、世界の人々まで。専門家の読み解きは、
あまた読んだが、素人は、先の自らの暴論に固執して
みたい。いつの時代にも、多くの人間が、大人になる
までに経験する問いや苦悩のコアをすくい上げた「青
春小説」だからだと。本当か？（記事7）

　かくして、多くの村上論は社会へのコミットメントから
出発し、村上の時代性に着目して何らかの意味を付与する
内容であった。作品中の記号を仔細に分析することはない
ものの、村上と（自分の）歴史との関連性を出発点として、
社会的な意味合いへもっていくという展開は、コンテンツ
購読者の期待に応えているともいえよう。

　　村上のデビューは1979年、ソニーのウオークマンが

発売された年である。他者の声を遮断し、自分だけの世界へ沈潜する姿と、村上の作風は二重写しになったかもしれない。だがそれは、モラルや価値観といったものが消滅した現実世界で、いまある言葉、既成の思想に頼らず、自分の言葉、自前の表現方法を獲得するという宣言だったのだ。（記事8）

　この小説［『多崎つくる』：筆者注］は、失われた青春への挽歌と、それでもなお「今」を生き続ける意志をたたえている。喪失から回復へと踏み出す結構からは、今の日本に共振する思いが伝わってくる。村上氏の長編で、もっとも前向きな物語だと感じられた。

（記事16）

　すなわち、それぞれの評論家が村上の名声の理由について何かを語るためには、「一般市民」の観点を取り入れる必要があると思われる。したがって、ここでは匿名世界と違い、無意味な文章の羅列はなく、村上の価値が反復・強調されると同時に、小説の域外に独り立ちして歩き出す名声の生産と再生産が繰り返され増幅されていく。同時代に生きてきた人間なら分かるのだが、今どきの読者にもその時代性との合致が明快に解読できるようになっていくようなプロセスでもある。

４. 個人化するメディア空間：有名人というイメージの増強

　村上の有名性について、彼のノーベル賞受賞や原子力／核に関する発言または作品の驚異的な売れ行きなどを導入として、各人が持論を展開している。そこでは有名人が有名人のイメージをメディア空間で再生産し、各人の言論世界を構築していることが明らかになる。

　　大江健三郎と異なり、「核」のような「大文字」のテーマを好まなかった村上だが、『羊をめぐる冒険』あたりから人間存在の深奥に潜む邪悪さを扱う傾向を強めてきた。筆者は、そんな村上もまた人間に不可避な「原罪」を描こうとして来たのではないかと考えている。そうした作風と今回のスピーチは深い部分で水脈を通じているのであり、村上は原発事故の被害者たる「無垢な市民」の立場から無責任に脱原発や、代替エネルギーへのシフトを主張するのではないはずだ。（中略）村上もまたファンサービスのつもりだったのか、原発に〈ノー〉を告げる宣言と共に戦後日本社会の効率主義への反省の必要を指摘したため、大量消費社会批判という表層的な解釈を許してしまう危険を帯びているが、そこは誤読に注意すべきだろう。村上が今こそ「倫理と規範の再構築を」と述べているのは、核エネルギー利用の封印を解くに至

る宿命の中で生きてきた人類が、その「人間としての本性」をいかに制御できるかという根源的な問いかけなのだろう。（記事4）

　［随筆「魂の行き来する道筋」を発表した村上について：筆者注］何故、村上は、中国政府の姿勢に異を唱えないのか。村上には、是非、北京に乗り込んで、現下の「愛国無罪」の風潮を鎮めるべく、呼びかけてもらいたいものである。（中略）普段、秀逸な人間描写で名を馳せる作家が、「政治」に絡んだ言説を披露し始めた途端に、その議論が陳腐になる。しかも、その言説は、作家としての名声に支えられて一定の「権威」を持ちながら世に広まるのだから、余計に始末が悪い。こうしたことは、現代日本の作家の特性なのであろうか。（記事12）

　［『多崎つくる』のテーマ、青年の内省と自立について］今回の村上の普遍性への志向は、まさかノーベル賞が目の前にぶら下がっているからではないかとさえ勘ぐりたくなるほど、個人的には拍子抜けをした。

　それにしても村上作品の主人公はいつも若いし、つきあう女性は美人ばかりで主人公を助ける存在なんだと改めて思った。（記事15）

　村上は作家であると同時に有名人として他者からの目線が強く、村上自身が「ブランド」とみなされ、彼が体現し

ているものはベストセラーを続々世に送り続ける作家とい
うことだけではなく、彼自身がその名声に拠って立つオピ
ニオンリーダーとなる。したがって、その「ブランド」の
最新動向が流行の最前線を示すような役割を果たし、それ
をどのようにみるのかにもまた評論家自身の「ブランド志
向」が表れている。

　　海外に向けてのナショナルな側面の表現がかつての
日本文学であったのかもしれない（川端康成、大江健
三郎にはその気配が濃厚だ）。しかし、村上にはそう
いう意識や区別は存在しない。それも、作品が世界の
各地で共時的に迎えられる背景であろう。こう考える
と、文壇も、文芸編集者も、文芸誌もすっかり役割を
終えている旧制度のように見えてくる。（記事 13）
　　だが、もし仮に『多崎つくる』が電子書籍として流
通し、配本不足や売り切れの心配がまったく無かった
としたら、即ちその気になればいつでも入手できると
したら、発売 3 日で 30 万部がほぼ売り切れ、1 週間で
100 万部を刷らなければならないような事態が発生し
ただろうか？
　　実際の『多崎つくる』はモノであり、うかうかしてい
たら入手できなくなる可能性があるからこそ、いわばモ
ノである以上どこまでもついてくる「希少性」故に、「お
祭」は発生したのではないだろうか？（記事 18）

　ここでは、村上の名声を評論家の有名性へ転換していく
プロセスが発生している。その流れとしては、村上という
ブランドを自らの論評の中で提起することにより、その着
眼点がいかに社会とつながっていくか解読することが重要
となる。こうして村上のような有名人やその有名人に関わ
る要素を、自らの論評に独自の観点を交えて入れることで、
評論家としての名声を少しずつ打ち立ててゆく。すなわち、
評論家（オピニオンリーダー）としてウェブサイトで自己
の（有名な評論家としての）ブランドを成立させることが
できるかは、社会の出来事をどれほど迅速にキャッチする
か、または有名人とその社会現象を要素として、いかに自
分の論評に取り入れるかに左右される。繰り返しになるが、
「正確性」だけでは「売り」にならない現代においては、
ネット空間での論評に見られる観点の自由度とその機敏さ
が最大・最多の評価を勝ち取るポイントとなる。

　　「ブランド志向」は狭く定義された消費経済システ
　ムで支配的な要因のひとつになるのだけれど、人間の
　一般的な「もの意識」に必ず含まれているものでもあ
　る。これが、広義の経済行為になんらかのインパクト
　を与えないわけがない。…メディアや情報にかかわる
　行為は、何かのためにあるのであり、独立の社会・文
　化的人間行為とみなされることなどまずなかった。（中
　野収 2001：139-140、傍点原著者）

　村上と言えば、まずはその作品世界をどのように解釈するかが大事だが、それと違うところでの論評は消費行動の端緒という結果をもたらすと思われる。言い換えれば、村上の政治性や核への理念は決して独善的なものではなく、それを社会と国家との関連性から説明することによって有識者の見識を示すことになり、「WEBRONZA+」のような有料コンテンツに対する消費行動をさらに引き出すことになる。その構造は、有名人をことさらに有名と煽るのではなく、その論評する人々自身が名声を打ち立てていくという、現代のインターネット世界における文化言説のシステムである。

5．結論に代えて：村上春樹の有名性というメディウム

　石田佐恵子（1998：254-255）は現代における文化空間についてこう述べている。

　　……現代文化におけるメディアとは、ある特権性をもった〈主体〉と〈場〉とを生成し、維持するものである。……ここでは、メディアとその〈制度〉を、ある社会において統制され、選択され、組織化された言説生産の〈場〉、言説編成権力空間としての〈制度〉としてとらえておくことにしよう。

　ネット空間では絶えず名声が生産される。それも誰かの
何らかの名声の上にさらに有名性が生まれ、言説文化が構
築されていくという構造になっている。今回検証を行った
「WEBRONZA+」における村上の有名性も同様で、その言
説の繰り返しがその名声を強化していくのみならず、論者
たちの名声もそれに担がれることとなる。村上というメディ
ウムとその論評という構図は、現代の有名性の文化空間
というシステムの、一つの表現体なのである。

　ただここで、本稿が分析したことはあくまでも村上春樹
に材をとった一つの事例にすぎないということをお断りし
ておきたい。たとえば今年（2014 年）発覚したいわゆる
STAP 細胞論文の捏造問題について、「WEBRONZA+」で
は 6 つのテーマが組まれ、全部で 41 本の関連記事があった
（2014 年 7 月現在）。この数は村上の言及記事と比べると
決して少なくないことが分かるし、有名性の構造は長期に
わたって構築されるものではなく、むしろ短時間で高い関
心を集める問題の方に「WEBRONZA+」のようなウェブサ
イトの特徴がよく表れている。したがって、重要なのは個
人の卓越性をどのように表現するかではなく、有名性とい
うメディウムをいかに媒介として使用するかであることが
分かる。

　今回、村上春樹の有名性がいかに再生産されるかについ
て分析してきたが、村上の名声についてほかの有名人や関
心の高い事件と比べて、最も興味深いところは、やはり本

人の意志の不在である。例えばある人間がスキャンダルで有名になった場合、本人には有名になる意志はないものの、その緊急性や公益などの要素によって社会からの目線は熱い。評論家もその名声にしがみ付き、次第にさまざまな言説が拡散していく。しかしながら、村上の有名性はすでに30年以上揺るがず確立しているし、社会の関心をにわかに集めるような速報性を要する出来事との関連も薄い。それでも村上が語られ続けるのは、やはり世代や国籍を超えるスーパースターのような彼の「超有名性」がメディウムとして働いているからだといえよう。

付記

本稿は、2014 年 6 月、台湾淡江大学で開催された「2014年第 3 届村上春樹國際學術研討會」で口頭発表した内容に加筆し、訂正を行ったものである。

主要参考文献

石田佐恵子（1998）『有名性という文化装置』勁草書房

中野収（2001）『メディア空間：コミュニケーション革命の構造』勁草書房

齋藤美奈子（2002）『文壇アイドル論』岩波書店

P.D. マーシャル　石田佐恵子訳（2002）『有名人と権力：
　　現代文化における名声』勁草書房

人名索引

書名・篇名索引

れ

わ

事項索引

ろ

村上春樹研究叢書 TC002

村上春樹におけるメディウム
—21世紀篇

作　　者	監修 / 森 正人
	編集 / 小森 陽一、曾秋桂

叢書主編	曾秋桂
社　　長	林信成
總 編 輯	吳秋霞
責任編輯	張瑜倫
助理編輯	林立雅、陳雅文
內文排版	張明蕙
文字校對	落合 由治、內田 康、葉仲芸
封面設計	斐類設計工作室

發 行 人	張家宜
發 行 所	淡江大學出版中心
印　　刷	建發印刷有限公司
出版年月	2015年8月
版　　次	初版
定　　價	NTD540元　JPY2400元

總 經 銷	紅螞蟻圖書有限公司
展 售 處	**淡江大學出版中心**
	地址：新北市25137 淡水區英專路151號海博館1樓
	電話：02-86318661　　傳真：02-86318660
	淡江大學—驚聲書城
	新北市淡水區英專路151號商管大樓3樓
	電話：02-26217840

ISBN　978-986-5982-88-1　　　　著作權所有・翻印必究